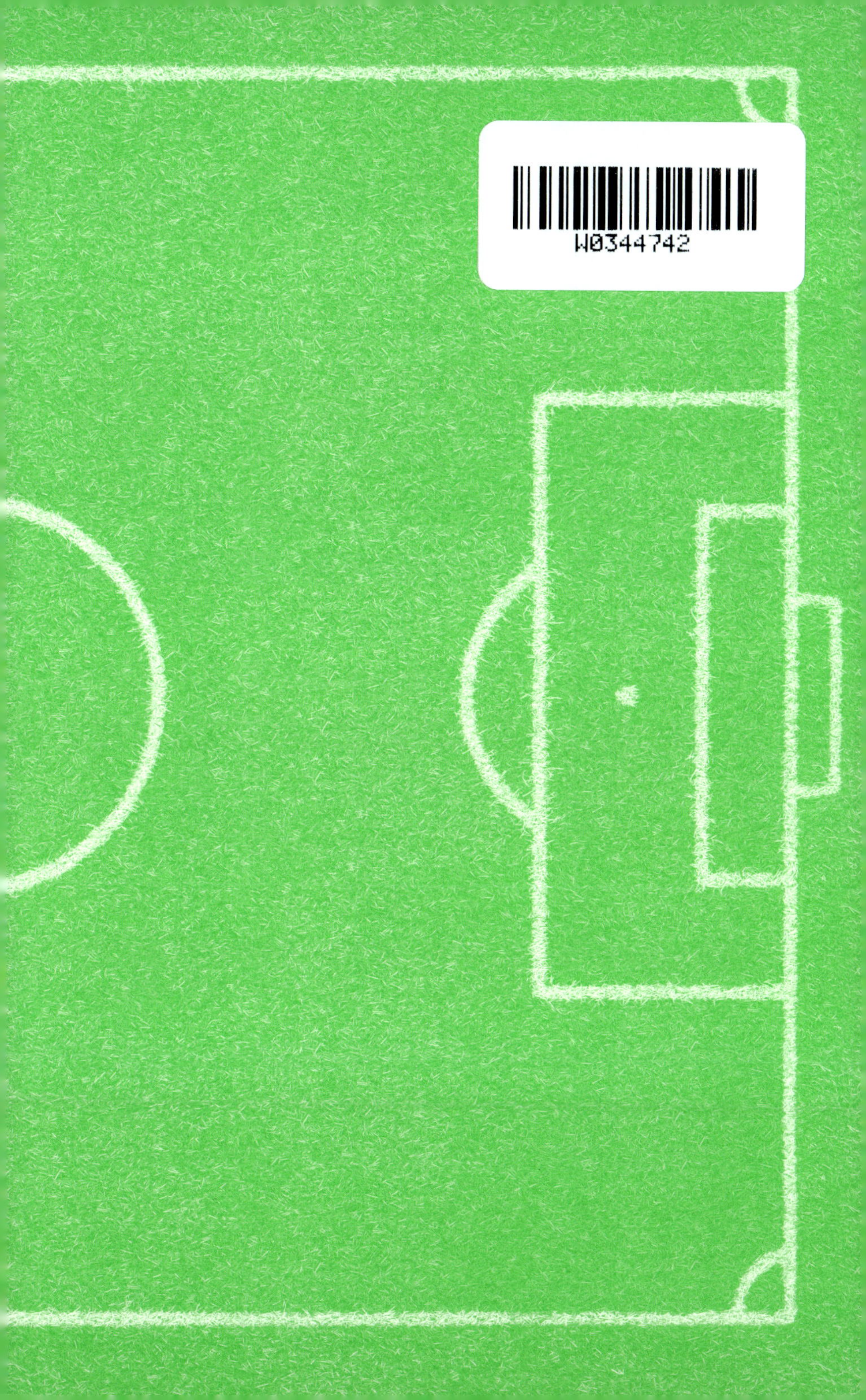

Fabian Lenk

Euro-Kicker

Jagd auf die Ticketfälscher

Personen und Handlungen dieser Erzählung
sind frei erfunden.

MIX
Papier aus verantwortungsvollen Quellen
FSC® C083411

5 4 3 2 1

ISBN 978-3-649-63088-3

Hafenweg 30, 48155 Münster

Text: Fabian Lenk
Illustrationen: Thilo Krapp
Lektorat: Susan Niessen
Satz: Sabine Conrad, Bad Nauheim
Printed in Germany
www.coppenrath.de
Das ebook erscheint unter der ISBN 978-3-649-63644-1.

Fabian Lenk

EURO KICKER

JAGD AUF DIE TICKETFÄLSCHER

Mit Illustrationen von Thilo Krapp

COPPENRATH

DAS VERSPRECHEN

In der Stadt knisterte es förmlich. Ganz München war im EM-Fieber. Überall sah man Fans mit Schals, Mützen, Trikots oder Fahnen. Oder allem zusammen. Kids trugen stolz die Namen und Rückennummern ihrer Lieblingsspieler. Die Stimmung war bestens, alle schienen sich auf das Viertelfinale zu freuen, für das sich auch die deutsche Nationalmannschaft qualifiziert hatte – hier in München! Ein Heimspiel, ein Traum! In wenigen Tagen, am Freitag, den 3. Juli, sollte es um 21 Uhr losgehen.

Natürlich war das Spiel längst restlos ausverkauft.

Gut so, dachte der Mann. Das war sogar *sehr* gut, jedenfalls für ihn. Denn es gab genügend Fans, die bereit waren, völlig überhöhte Preise für ein Viertelfinal-Ticket zu zahlen – und zwar auf dem Schwarzmarkt.

Der Mann lächelte in sich hinein. Damit konnte er dienen, denn er hatte schließlich noch Karten. Sein Schatz ruhte in der Innenseite des Sakkos, das er über dem eleganten Hemd trug. Der Händler mit dem freundlichen Gesicht wirkte durchaus wie jemand, dem man vertrauen konnte.

Er ließ die Blicke schweifen. Er suchte. Nach diesen Leuten, die mit einem Schild herumliefen: Suche Ticket fürs Viertelfinale!

Deshalb war er hier, am Münchner Karlsplatz, den die Einheimischen Stachus nannten, weil dort Anfang des 18. Jahrhunderts ein Gastwirt mit dem Namen *Eustachius* Föderl ein Gasthaus betrieben hatte. Man ging also damals zum Stachus – und dieser Name hatte sich bis heute gehalten, obwohl der Platz zu Ehren von Kurfürst Karl Theodor später in Karlsplatz umgetauft worden war. Das hatte aber die Münchner nie interessiert. Der Stachus war der Stachus. Punkt.

Hier quirlte der Verkehr: unterirdisch in den U-Bahn-Röhren, überirdisch auf den Straßen und Schienen für die Tram. Schon im Mittelalter war der Platz ein Verkehrsknotenpunkt gewesen, weil hier die Salzstraße verlief, der München seinen Wohlstand verdankte. Und dieser Platz sollte heute auch für den Wohlstand des Schwarzhändlers sorgen.

Wieder schaute der Mann sich sorgsam um – nach einem Opfer. Klar, er hätte die Tickets auch im Internet anbieten können. Aber das war ihm zu riskant. Die Polizei oder die UEFA hätten seine Spur zurückverfolgen können. Außerdem wollte er das Geld sofort haben.

Nur Bares ist Wahres, dachte er. Ein alter Spruch, aber immer noch absolut richtig.

Hinzu kam, dass seine Tickets nicht echt, sondern sehr gut gemachte Fälschungen waren. Im Internet bestand immer das Risiko, dass sich ein Polizist als Interessent für die Tickets ausgab. Die Beamten wussten schließlich, dass Fälschungen im Umlauf waren.

Nein, hier auf der Straße war es sicherer. Er konnte sich seine Opfer gezielt aussuchen. Und ja, er roch förmlich, ob er es mit einem Polizisten zu tun hatte oder nicht. Seine Menschenkenntnis hatte ihn noch nie getrogen.

Sein Blick wanderte Richtung Osten, vorbei am großen Brunnen bis zum wuchtigen Karlstor, hinter dem die Neuhauser Straße mit ihren unzähligen Läden begann. Shoppen, shoppen, shoppen … aber nur er hatte etwas, das für einen Fan wirklich wertvoll war, zumindest während einer EM: Tickets fürs Viertelfinale.

Plötzlich schlug sein Puls schneller. Ein Mann verließ gerade das Burger-Lokal beim Brunnen.

An der Seite des Mannes war ein Junge, der etwa elf oder zwölf Jahre alt sein mochte.

Vermutlich Vater und Sohn, dachte der Fälscher. Sie sahen sich sehr ähnlich.

Beide trugen Fußballtrikots der deutschen Nationalmannschaft, was in diesen Tagen völlig normal war, und der Mann trug einen Zettel vor sich her wie ein Ritter seinen Schild: »Ticket gesucht!«

Bingo, dachte der Betrüger. Da bin ich doch gerne behilflich.

Er schlenderte auf die beiden zu. In aller Ruhe, ganz entspannt. Nur keinen Verdacht erwecken oder zu viel Druck aufbauen, indem er auf die beiden zustürmte.

Jetzt standen Vater und Sohn am Brunnen.

Der Betrüger trat an sie heran. »Grüß Gott«, sagte er. Er lispelte ziemlich stark. »Auch schon im EM-Fieber?«

»Na klar!«, rief der Junge sofort, während sein Vater nur nickte.

»Aber keine Tickets, was?«

»Nein, leider nicht«, erwiderte der Vater. »Ich ...«

»Er hat mir eins zum Geburtstag versprochen, hat es aber verpennt«, schwärzte sein Sohn ihn an.

Der Vater lächelte gequält. »Du übertreibst, Alex. Die Tickets waren innerhalb von wenigen Stunden vergriffen.«

Der Junge namens Alex verschränkte die Arme vor der Brust. »Sag ich doch: Du warst zu langsam.«

Sein Vater hob schuldbewusst die Schultern. »Ich habe nun mal einen anstrengenden Job und kann nicht ständig ins Internet schauen.«

»Oh, das ist wirklich dumm gelaufen«, sagte der Betrüger verständnisvoll. »Aber wie es der Zufall will, kann ich vielleicht helfen ...«

Alex' Augen wurden groß. »Haben Sie etwa noch ein Ticket für mich?«

Der Fälscher trat noch etwas dichter heran und senkte seine Stimme zu einem Flüstern. »Stimmt, habe ich. Sogar zwei.«

Der Vater winkte ab. »Nein, ich habe leider keine

Zeit. Aber für Alex will ich gerne eins kaufen. Was wollen Sie dafür haben?«

Der Betrüger zeigte unauffällig eines der gefälschten Tickets. Dabei lächelte er sein freundliches Lächeln. »Weil Sie es sind und weil Alex Geburtstag hatte, mache ich Ihnen einen Sonderpreis: nur 700 Euro.«

»Was? Das ist doch viel zu viel!«, rief der Vater.

Der Fälscher erkannte sofort, dass der Widerstand nur schwach war. Der gute Mann hatte die Sache mit dem Geburtstagsgeschenk vermasselt und würde vermutlich noch mehr zahlen, um das Versprechen gegenüber seinem Sohn einzuhalten.

Er schüttelte den Kopf und lispelte: »Nein, das ist sogar ein Schnäppchen. Sehen Sie, bei der EM 2016 hat man für Viertelfinal-Tickets in der Kategorie 1 schon fast 200 Euro bezahlt. Fürs Finale sogar knapp 900 Euro. Außerdem habe ich meine Tickets ebenfalls auf dem – äh – freien Markt erworben und 700 Euro dafür hingeblättert.«

Das war natürlich frei erfunden, aber diese dreiste Lüge verfehlte ihre Wirkung nicht.

Alex schaute zu seinem Vater hoch. In diesem Blick lag eine unausgesprochene Bitte, fast ein

Flehen. Aber angesichts der hohen Summe wagte er es offenbar nicht, ihn zu drängen.

»Okay, sagen wir 500«, versuchte der Vater zu handeln.

»Nein, wenn ich 700 sage, dann meine ich auch 700«, erwiderte der Betrüger. »Glauben Sie mir: Ich kann das Ticket auch jemand anderem verkaufen.«

In die Augen des Jungen trat Panik. Er hüpfte nervös von einem Fuß auf den anderen.

»Na schön, ich gehe schnell zum Bankautomaten da drüben«, sagte der Vater und lief los, während Alex hörbar ausatmete und die Fäuste ballte.

Drei Minuten später wechselten sieben grüne Geldscheine den Besitzer – und ein Ticket fürs Viertelfinale, das nicht mehr wert war als das Papier, auf das es gedruckt war.

Strahlend presste Alex die Eintrittskarte an sein Herz. »Du bist der Beste, Papa.«

Sein Vater strich ihm über den Kopf. »Gern geschehen. Ich hatte es dir doch versprochen«, murmelte er und nickte dem Betrüger kurz zu. »Aber jetzt müssen wir weiter.«

Der Fälscher sah ihnen nach, wie sie in die Fuß-

gängerzone eintauchten und Richtung Marienplatz liefen.

Er lächelte noch einmal und spazierte pfeifend zu seinem roten Sportwagen, den er in der Tiefgarage an der Herzog-Wilhelm-Straße geparkt hatte. Dabei spielte er mit den Scheinen in der Hosentasche. Sein Lächeln wurde breiter und schließlich lachte er schallend.

IMMER VOLLGAS!

»Du bist die faulste Socke, die ich kenne!«, brüllte Trainer Bob Müller. Er deutete quer über den Trainingsplatz auf seinen Sohn Pascal, den alle Welt nur Paco nannte.

Paco war ein sehr talentierter Stürmer, aber er trainierte nicht gern. Und er sah auch nicht ein, warum er bei dieser Hitze einem Pass hinterherhecheln sollte, den er vermutlich nie erreichen würde. Es ging ja noch nicht mal um etwas. Es war ein Trainingsspielchen, sechs gegen sechs. Mehr nicht. Also hatte Paco den Sprint abgebrochen.

»Den Ball hätte noch nicht mal Gareth Bale erlaufen«, erwiderte er.

Sein Dad bekam einen leicht roten Kopf. Kein gutes Zeichen, wusste Paco. Wenn Dad auflud, konnte es Ärger geben. Zum Beispiel in Form von zwanzig Liegestützen. Oder fünfzig. Vor versammelter Mannschaft, versteht sich.

Bob war der beste Dad der Welt und ein cooler Trainer, jedenfalls meistens. Doch er flippte auch schnell aus. Dann glich er einem Vulkan, der völlig unerwartet ausbrach. Vor allem dann, wenn der Schiri eine Pfeife war und seltsame Entscheidungen fällte. Aber auch manchmal dann, wenn es einer seiner Spieler beim Training zu locker angehen ließ. Und weil Paco nicht nur eine zugebenermaßen *super*faule Socke war, sondern außerdem der Sohn des Trainers, hatte er mintunter schlechte Karten. Bob hatte immer Angst, dass die anderen Jugendkicker, die wie Paco zwischen elf und zwölf Jahre alt waren, glauben könnten, dass er seinen Sohn bevorzugte. In den Augen von Paco war aber genau das Gegenteil der Fall.

»Du hättest es wenigstens versuchen müssen!«, schimpfte Bob.

»Das nächste Mal!«, rief Paco fröhlich und fügte in Gedanken ein »vielleicht« hinzu.

Bob verdrehte die Augen und klatschte in die Hände. »Hopp, hopp, weiter geht's!« Auf die Liegestützen-Nummer verzichtete er. Seine Gesichtsfarbe war schon wieder ziemlich normal.

Eine Minute später wurde Paco von einem

Mittelfeldspieler steil geschickt. Elegant nahm er die Kugel an, ließ einen Gegenspieler aussteigen und hatte freie Bahn.

Jetzt hatte er nur noch seinen besten Kumpel Alex vor sich, der im Tor stand. Alex hatte Nerven wie Drahtseile. Der war wirklich cool. Cooler als 'ne Tiefkühlpizza.

Alex machte sich breit, ganz breit, aber das nützte ihm nichts. Paco entschied sich für die rechte Ecke und nagelte die Murmel in den Winkel. Alex war noch mit den Fingerspitzen dran, konnte den Einschlag aber nicht verhindern.

»Nicht schlecht«, seufzte Alex, während Paco einfach nur grinste.

Zwei Minuten später beendete Bob die erste Halbzeit und trommelte die Truppe zusammen. Trinkpause.

Ausgepumpt hockten die Kicker zusammen und nuckelten an ihren Flaschen wie eine Gruppe durstiger Säuglinge.

Trainer Bob redete auf sie ein, er kritisierte und lobte. Paco war nie einer von diesen Taktikfüchsen gewesen. Keiner, der Fußballbücher wälzte oder YouTube-Videos mit Tricks von Neymar guckte und versuchte, sie nachzumachen. Paco war eher ein Instinktfußballer, der nicht lange nachdachte. Während sein Dad redete, schweiften seine Gedanken ab. Er blickte zum Nachbarplatz, wo ein anderes Jugendteam kickte. Waren das die Schweizer?

Paco, Alex und ihre Freunde aus der Mannschaft nahmen am Eurokicker-Turnier teil, bei dem junge, sehr talentierte Fußballer aus ganz Europa gegeneinander antraten – und zwar parallel zum EM-Turnier der großen Stars.

Es war schwer gewesen, in diese Mannschaft zu kommen. Eine absolute Auszeichnung. Der Deutsche Fußballbund hatte vor einem halben Jahr ein großes Sichtungsturnier in Hamburg veranstaltet. Paco war mit seinem Dad angereist, der bereits über eine Menge Erfahrung als Trainer verfügte. Bob hatte die Trainer-A-Lizenz und auch schon mal einen Drittligisten gecoacht.

Über 500 junge Fußballer, darunter 200 Mädchen, hatten an der Sichtung in Hamburg teilgenommen. Sie alle waren heiß darauf gewesen, in die deutsche Mannschaft aufgenommen zu werden, die gegen andere Teams aus ganz Europa antreten sollte. Doch nur je 22 Jungen und Mädchen war das schließlich auch gelungen. Paco, Alex und die anderen waren entsprechend stolz.

Und auch Bob war am Ende glücklich – denn er war es gewesen, den der DFB mit dem Coaching der deutschen Talente während des Eurokicker-Turniers betraut hatte.

Organisiert wurde der Event von der UEFA. Es gab neben der deutschen Mannschaft auch Nachwuchsteams aus England, Spanien, Frankreich, Ungarn, Österreich oder Italien. Das Turnier, das für Jungen und für Mädchen ausgerichtet wurde, fand an unterschiedlichen Orten statt, wo auch EM-Spiele angepfiffen wurden: wie zum Beispiel in München. Wer hier weiterkam, qualifizierte sich für die Finalrunde in London. Untergebracht waren die Mannschaften in Zeltstädten.

Paco fand das Turnier richtig klasse. Er hatte schon viele Jugendliche aus anderen Ländern kennengelernt. Die meisten Kicker waren echt okay. Klar war aber auch, dass das hier kein Kindergeburtstag war, sondern ein echtes Turnier. Es ging ums Gewinnen, ums Weiterkommen, um den Sieg. Und dafür brannten nicht nur Paco und seine Freunde, dafür brannten alle.

»Hast du gehört, Paco?«, drang Dads Stimme an seine Ohren.

»Äh ja, klar«, stammelte Paco. Natürlich hatte er rein gar nichts gehört.

Alex, der neben ihm saß, kicherte. Bob kniff ein Auge zu. Er schien zu überlegen, ob sein Sohn ihn mal wieder auf den Arm nahm. Aber hier war nicht der richtige Ort für Erziehungsmaßnahmen.

Er grunzte etwas, bevor er seinen Blick über die Köpfe der Spieler gleiten ließ und fortfuhr: »Jungs, wenn ihr das nicht ernst nehmt«, er schaute jetzt seinen Sohn direkt an, »dann haben wir übermorgen keine Chance.«

Jetzt war Paco wieder voll da. Richtig, in zwei Tagen stand das schwere Spiel gegen das französische Jugendteam an. Die Franzosen galten als Favoriten für den Titel. Ein richtig harter Brocken also – und ein K.-o.-Spiel. Wenn Paco und seine Freunde morgen verloren, waren sie raus aus dem Turnier. Dann konnten sie sich die Fahrt nach London zur Finalrunde abschminken, wo auch das EM-Endspiel der großen Stars angepfiffen wurde.

»Also, Jungs – Vollgas!«, rief Bob. »Auch im Training.«

Er scheuchte sie zurück auf den Platz und die zweite Halbzeit begann. Pacos Team in den gelben Leibchen führte mit 2:1. Nach fünf Minuten hatte Paco eine Mega-Chance, auf 3:1 zu erhöhen, doch diesmal scheiterte er an seinem Kumpel Alex.

»Hehe, das war nichts«, rief der Torwart.

»Das nächste Mal ist er wieder drin«, grummelte Paco. Mann, irgendwie hatte dieser Krake namens

Alex wieder einen seiner Tentakel an die Kugel bekommen. Nicht zu fassen!

»Hopp, hopp, hopp, weiter – schlaf nicht ein, Paco!«, schimpfte Bob. »Zurück, du musst auch Defensivarbeit leisten.«

Paco deutete ein Gähnen an. Da platzte seinem Dad der Kragen.

»Wenn du nicht gleich die Hufe schwingst, sitzt du morgen auf der Bank!«, schrie er mit hochrotem Klopf.

»Yes, mach uns den Vulkan, Dad«, erwiderte Paco, jedoch so leise, dass sein Vater ihn nicht hören konnte. Folgsam trabte er in Richtung eigene Hälfte und half mit, den Vorsprung zu verteidigen. Dabei bemerkte er, dass sich einige Zuschauer eingefunden hatten – darunter zwei Mädchen, die etwa in seinem Alter sein mussten. Die eine war eine zierliche Rothaarige mit Sommersprossen und Stupsnase, die andere war groß und dunkelhaarig.

Kurz vor dem Ende, es stand immer noch 2:1, hatte Paco wieder eine fette Chance. Diesmal umkurvte er den Keeper und brauchte den Ball eigentlich nur noch über die Linie zu schubsen. Doch er traf nur den Pfosten!

Alex setzte sein allerbreitestes Grinsen auf, während der Trainerdaddy einen ziemlichen Anfall bekam. Vom Spielfeldrand kam zudem helles Gelächter: Mädchengelächter.

»Wie kann man nur so blind sein?«, lästerte die Rothaarige, während ihre Freundin einfach nur den Kopf schüttelte.

Was wollen die denn?, dachte Paco, während er nach einer passenden Antwort suchte. Schlimm genug, dass er die Chance versiebt hatte und der Schädel seines Dads an eine überreife Tomate er-

innerte. Da brauchte er nicht auch noch dieses blöde Geschnatter.

Paco kam nicht dazu, etwas zu erwidern, weil ihre Gegner jetzt einen Angriff zündeten und er hinten gefordert war.

Sekunden vor dem Abpfiff versuchte er, den Ball abzugrätschen, was ihm auch gelang. Dabei rutschte er jedoch ein Stück über den Rasen, riss die Grasnarbe mit den Stollen auf und landete quasi vor den beiden Mädchen an der Außenlinie.

»Bist du hier der Gärtner?«, fragte die Rothaarige, während Bob den Schlusspfiff ertönen ließ. Es war beim 2:1 zu geblieben.

»Bestimmt«, meinte die andere. »Der sucht Maulwürfe.«

Paco stand auf und musterte die beiden feindselig. »Was?«, zischte er. »Das war eine Eins-a-Grätsche.«

»Na ja, ging so«, meinte die Dunkelhaarige lässig. »Und übrigens: Den Rasen hast du ziemlich ruiniert.«

Paco sah, dass sein Kumpel Alex zu ihm kam. Gut so, es schien, als könne er hier an der Mädchenfront ein wenig Unterstützung gebrauchen.

Als Alex neben ihm stand und die Girls neugierig musterte, blaffte Paco: »Ihr habt einfach keine Ahnung. Geht lieber häkeln, als hier herumzustehen und Jungs zu nerven.«

Alex nickte bekräftigend.

Die Mädchen kringelten sich vor Lachen. »Wow, was für eine Ansage!«, höhnte die Rothaarige.

Ihre Freundin sagte: »Passt auf, ihr Blindfische: Was haltet ihr von einem Spiel? Ihr zwei gegen uns zwei. Dann sehen wir ja, wer besser ist.«

Erstaunt sah Paco seinen Freund an. Der hob nur die Schultern.

»Okay, machen wir. Wann?«, fragte Paco.

»Jetzt gleich«, lautete die Antwort. »Oder könnt ihr schon nicht mehr?«

»Von wegen«, erwiderte Paco. »Wir sind bereit. Zwei Hühner wie euch ballern wir auch nach zehn Stunden Training vom Platz.«

»Richtig, und zwar mit geschlossenen Augen«, bestätigte Alex.

»Wir werden sehen«, bemerkte die Rothaarige. »Wir ziehen uns nur kurz um. Bis gleich.«

DAS DUELL

»Wie heißt ihr eigentlich?«, fragte Alex, als sie sich wenig später auf einem Nebenplatz trafen und die Mini-Tore aufstellten, die gerade mal 1,20 Meter breit und 80 Zentimeter hoch waren. »Wir wollen doch wissen, wem wir gleich die Hütte vollhauen.«

Die Rothaarige, die jetzt wie ihre Freundin Sportklamotten und Fußballschuhe trug, verzog das Gesicht. »Was für ein Spruch! Aber weil du es bist: Ich bin Raya ...«

»... und ich bin Nelli«, ergänzte ihre Freundin. »Und wer seid ihr? Hubsi und Bubsi?«

Raya begann, schallend zu lachen. »Das ist gut!«

Die Jungen schauten sich an. Was ging denn hier ab?

»Gerne verraten wir euch die Namen von den beiden, die euch jetzt eine Lehrstunde erteilen werden«, sagte Paco lässig. »Ich heiße Paco und das ist mein Kumpel Alex.«

»Okay, dann mal los«, meinte Nelli. »Die Verlierer haben Anstoß – also ihr.«

Die Jungen bauten sich leicht versetzt in ihrer Hälfte auf. Alex stand etwas weiter hinten als Paco, aber er würde nicht wie sonst vor der Kiste kleben, sondern ebenfalls auf Torejagd gehen. Für einen Keeper verfügte er über eine ungewöhnlich gute Schusstechnik – er konnte also nicht nur Bälle fangen oder abwehren, sondern auch weite Pässe schlagen und somit das Spiel eröffnen. Auch sein Kopfballspiel war stark.

Jetzt hatte er die Kugel und spielte einen kurzen, sicheren Pass auf Paco. Der lief los, den Ball eng am Fuß. Auch Alex setzte sich in Bewegung, blieb aber nach wie vor hinter seinem Kumpel.

Raya kam Paco entgegen,

mit fließenden, leichtfüßigen Bewegungen, während Nelli nach hinten absicherte.

Paco täuschte einen Rückpass auf Alex an und Raya fiel drauf rein. Schon war Paco an ihr vorbei. Die Flüche von Raya waren Musik in seinen Ohren. Doch seine Freude verflog, als Nelli auf ihn zuschoss. Knapp über der Grasnarbe rauschte sie heran und fegte ihm den Ball vom Fuß. Dabei räumte sie Paco gleich mit ab – aber es war, so musste Paco sich eingestehen, während er hart auf dem Boden landete, eine faire Aktion gewesen.

Mist!, dachte er und rappelte sich auf.

Lachend stoben die Mädchen auf Alex zu. Der war chancenlos gegen die Übermacht, sie tanzten ihn aus und schließlich war es Raya, die zum 1:0 in das leere Tor vollstreckte.

Die Girls klatschten sich ab.

Alex warf Paco einen finsteren Blick zu. »Du hättest abspielen sollen!«

Schuldbewusst zuckte Paco mit den Schultern. »Ich konnte ja nicht ahnen, dass die zutritt wie ein alter Gaul.«

»Wie bitte?«, rief Nelli, die den Vorwurf gehört hatte. »Du bist nur zu weich für ein echtes Match.«

Paco winkte ab und trat dicht an seinen Kumpel heran. »Sieht so aus, als hätten die beiden echt was drauf …«

»Ja, vielleicht haben wir die unterschätzt«, stimmte Alex ihm zu. »Aber damit ist jetzt Schluss. Wir dürfen auf keinen Fall verlieren.«

Er stürmte mit dem Ball auf das gegnerische Tor zu. Erneut rückte Raya raus. Alex spielte einen Doppelpass mit Paco und zimmerte die Murmel auf das Mini-Tor, bevor die knallharte Abwehrspezialistin Nelli eingreifen konnte. Der Ball knallte in die Kiste – der Ausgleich!

»Geht doch«, meinte Alex grinsend.

Nun hatten die Girls Anstoß – und änderten ihre Taktik. Sie bewegten sich jetzt auf einer Höhe.

Paco stellte sich der ballführenden Raya entgegen und erlebte sein blaues Wunder. Das Mädchen machte einen perfekten Übersteiger und jagte auf Alex zu, der den Rückwärtsgang eingelegt hatte. Noch eine Körpertäuschung – und schon zog Raya ab. Ein guter, platzierter Schuss, doch Alex bekam eine Fußspitze dazwischen und der Ball flog an der kleinen Kiste vorbei.

»Hehe«, meinte er, holte den Ball und passte blitzschnell zu Paco. Und der setzte zu einem astreinen Solo an, Paco begann regelrecht zu zaubern. Erst spielte er Raya aus, dann Nelli und schob ganz locker zum 2:1 ein.

Doch die Mädchen ließen nicht locker und schossen nur eine Minute später den Ausgleich. Diesmal hatte Raya mit der Hacke vollendet.

Mit der Hacke!!!

Alex und Paco konnten es nicht glauben. Die

beiden Mädchen waren nicht nur gut, sie waren *sehr* gut. Kein Wunder, dass sie in der deutschen Mädchenauswahl beim Eurokicker-Turnier waren.

Das würde ein hartes Stück Arbeit werden. Paco und Alex mussten jetzt wirklich alles geben, um hier nicht als Loser vom Platz zu schleichen. Mann, was würde das für ein Gelächter in ihrer Jungentruppe geben! Von zwei Mädchen abgeschossen! Das durfte auf keinen Fall passieren!

Und Paco und Alex gaben wirklich alles. Aber die Mädchen hielten mit Leidenschaft und Kampfgeist dagegen. Dabei zeigte sich, dass Raya die bessere Technikerin der beiden war. Sie war verspielt und kreativ, manchmal aber auch ein wenig eigensinnig. Nelli hatte ganz andere Stärken: Sie stand für Power pur. Nelli war eine kompromisslose Abräumerin, die sich eher im defensiven Mittelfeld oder in der Abwehr wohlfühlte.

Die offensive, kreative Raya und die defensive, gnadenlose Nelli waren wirklich ein perfektes Team, das sehr gut harmonierte.

Dank einer sensationellen Parade und eines Doppelschlags von Paco gingen die Jungen nach fünf weiteren Minuten mit 4:2 in Führung.

Erleichterung machte sich in ihren Gesichtern breit.

Alex zwinkerte Paco zu. »Jetzt haben wir sie im Sack.«

Doch er irrte sich: Nelli mit einem Kopfball nach einer präzisen Flanke sowie Raya per Dropkick glichen wieder aus.

Beim Stand von 10:10 beschlossen die inzwischen völlig ausgepumpten Teams, dass sie jetzt noch genau drei Minuten spielen wollten. Raya stellte den Wecker auf ihrem Handy – und die packende Schlussphase begann.

Doch keinem der Teams gelang noch ein Treffer und so trennten sie sich mit einem Unentschieden.

Völlig platt saßen sie danach auf dem Platz zusammen.

Paco rang sich sogar ein Kompliment ab. »Ihr wart gar nicht schlecht«, sagte er.

»Ihr auch nicht. Ich dachte, dass wir euch glatt schlagen«, erwiderte Nelli grinsend.

Sie begannen, sich zu unterhalten, und je länger das Gespräch dauerte, umso netter wurde die Atmosphäre. Die vier lachten viel zusammen und die Zeit verging wie im Flug.

Die beiden Mädchen waren echt okay, dachten Paco und Alex jeder für sich – und Nelli und Raya dachten ähnlich über sie.

»So, jetzt gibt es Abendbrot«, meinte Raya schließlich. »Ich habe echt Hunger.«

»Ich auch«, meinte Alex und stand auf.

Sie flitzten zu ihren Zelten, zogen sich um und kreuzten nahezu zeitgleich in dem großen Gemeinschaftszelt des deutschen Teams auf, in dem es eine Küchenzeile und zahlreiche Biertischgarnituren gab, an denen Gruppen von Jugendlichen sowie ihre Betreuer saßen und einen unglaublichen Lärm produzierten.

Mit je einer riesigen Portion Spaghetti hockten sich Paco und Alex an den Tisch zu Bob und ihren Freunden aus dem Team.

Zu ihrer Überraschung kamen später auch Raya und Nelli dazu. Zunächst wurden sie ein wenig argwöhnisch beäugt, doch schnell ging es wieder locker und entspannt zu.

Später saßen sie draußen am Lagerfeuer zusammen. Dort hockten auch Kids aus anderen Nationen. Es war ein tolles Durcheinander, niemand blieb unter sich, alle möglichen Sprachen waren zu hören. Die Verständigung klappte, notfalls mit Händen und Füßen. In erster Linie drehten sich die Gespräche um Fußball.

Dabei war natürlich der erfahrene Bob ganz in seinem Element.

»Habt ihr eigentlich gewusst«, fragte er Nelli und Raya, »dass ich mit dem deutschen Nationaltorwart verwandt bin?«

»Echt?«, fragte Raya. »Ist ja cool!«

Paco stöhnte leise auf. Er hatte diese Geschichte schon tausend Mal gehört. Mindestens. Aber sein Dad war mächtig stolz darauf und erzählte daher gerne davon – wobei er unterschlug, dass er nur über fünfundzwanzig Ecken mit dem berühmten Torwart verwandt war.

»Tja, und bald werden wir ihn hier in München live erleben«, rief Alex dazwischen. »Ich habe ein Ticket fürs Viertelfinale.«

»Wir auch«, kam es sofort von den Mädchen.

»Ich genauso«, meinte Paco. »Und nicht nur das: Ich werde sogar mit den Stars einlaufen.«

»Was, du auch?«, rief Nelli überrascht. »Ich gehöre ebenfalls zu den Einlaufkindern. Hoffentlich an der Seite von Niklas Süle!«

»Einlaufkinder … was für ein bekloppter Name«, lästerte Raya. Sie war aber schon ziemlich neidisch auf ihre Freundin und Paco. Wow, an der Seite von einem Leroy Sané ins Stadion zu marschieren, während der Beifall toste, das wäre schon was! Leroy Sané war für Raya der Größte – sie bewunderte ihn wegen seines Tempos und seiner Technik.

Hautsache, ich bin überhaupt beim Viertelfinale live dabei, tröstete sie sich und fragte die anderen: »Wo habt ihr denn eure Plätze? Vielleicht sind wir ja im selben Block!«

»Puh, keine Ahnung«, meinte Alex. »Aber ich habe mein Ticket im Zelt. Soll ich es holen?«

Raya nickte. »Klar. Am besten holen wir alle unsere Tickets und schauen mal, wer wo sitzt!«

Kurz darauf beugten sie sich im Schein des Feuers über ihre Karten. Tatsächlich würden Raya, Paco, Nelli und Alex sowie Bob im selben Block sein, stellten sie dabei fest – was für ein glücklicher Zufall!

»Darf ich mal?«, fragte Bob plötzlich und zeigte auf Alex' Ticket.

Alex sah ihn überrascht an. »Sicher, warum nicht?«

Bob nahm die Karte und studierte sie ganz genau. »Hm«, machte er.

»Was ist denn?«, fragte Alex.

»Ich gehe mal kurz zum großen Zelt. Da habe ich besseres Licht«, lautete Bobs ausweichende Antwort. Schon war er verschwunden.

Erstaunt sahen die Freunde ihm nach.

Nach drei Minuten kehrte der Trainer zu ihnen zurück.

»Sorry, aber ich fürchte, ich habe eine ganz schlechte Nachricht für dich, Alex«, sagte er.

AUF DER LAUER

»Was ist denn?«, wiederholte Alex, der spürte, wie sein Puls schneller wurde.

»Bei deinem Ticket handelt es sich um eine Fälschung«, sagte Bob.

Alex schüttelte den Kopf. Das durfte nicht wahr sein! »Du machst Witze.«

Mit einem Seufzer setzte sich Bob neben ihn. »Leider nein. Mit einem Ticket für ein Fußballspiel würde ich mir nie einen Scherz erlauben.« Er legte Alex einen Arm um die Schultern. »Es tut mir echt leid, aber du hast eine gefälschte Karte.«

Alex spürte, wie Tränen in ihm aufstiegen. »Aber ... wieso ... ich meine, das Ticket sieht doch völlig normal aus!«, sagte er schwach.

Bob deutete auf die Karte. »Ja, vielleicht – aber nur auf den ersten Blick. Doch die Farbe ist ein wenig dunkler, das Papier ist dünner und weniger glatt als bei einem Original. Das Druckbild ist etwas verwaschen und die Schrift zu dick aufgebracht. Vielleicht handelt es sich um eine Kopie. Jemand hat das Original – und du hast die wertlose Kopie ...«

Alex war wie vor den Kopf geschlagen. Eine Kopie? Wertlos? 700 Euro hatte sein Vater für diese Karte hingeblättert. Für sein Geburtstagsgeschenk.

Langsam ließ er den Kopf sinken. Niemand sollte sehen, dass er weinte. Er schniefte und natürlich bekamen es doch alle mit.

Seine Freunde umringten ihn und versuchten, ihn aufzumuntern. Aber es war alles sinnlos. Am liebsten hätte Alex das Mistding in tausend Fetzen zerrissen und ins Feuer geschmissen.

»Pass auf, Alex«, sagte der Trainer sanft. »Ich will versuchen, für dich noch ein richtiges Ticket zu bekommen. Schließlich habe ich ganz gute Kontakte zum DFB. Aber ich kann dir nichts versprechen. Das Spiel ist schließlich längst ausverkauft.«

»Woher hast du das Ticket eigentlich?«, fragte jetzt Raya.

Alex wischte sich die Tränen von den Wangen, riss sich zusammen und erzählte, wie sein Vater und er von dem lispelnden Händler am Stachus angesprochen worden waren und das Ticket gekauft hatten.

»Wir müssen sofort Anzeige erstatten«, sagte Bob und seufzte noch einmal. »Es ist doch immer dasselbe. Bei jedem großen Turnier gibt es solche fiesen Betrügereien, weil die Nachfrage so groß ist. Für ein einziges Ticket gibt es statistisch gesehen etwa 50 Interessenten – und genau das machen sich Abzocker und Fälscher zunutze. Die Abzocker versuchen, Originaltickets zu einem völlig überhöhten Preis im Internet zu verkaufen – wie bei der letzten EM: Da hat jemand zwei Tickets fürs Finale für 20.000 Euro angeboten.«

Paco sah ihn an. »Und – hat er das Geld bekommen?«

»Ich vermute schon«, sagte der Trainer. »Jedenfalls verschwand das Angebot nach wenigen Stunden von der Plattform.«

»Kann man mit seinem Ticket nicht machen, was man will?«, fragte Nelli. »Es also auch zum Beispiel zu einem überhöhten Preis weiterverkaufen?«

»Grundsätzlich schon«, erwiderte Bob. »Das Ticket gehört ja dem, der es gekauft hat. Aber die

Fußballverbände sind natürlich bemüht, dass die Fans nicht viel zu viel für die ohnehin teuren Tickets bezahlen. Ein möglicher Weg besteht darin, die Eintrittskarten zu personalisieren.«

»Was heißt das?«, fragte Raya.

»Das bedeutet, dass jedes Ticket auf den Namen des Käufers ausgestellt wird und nur er selbst die Karte benutzen darf. Das ist zum Beispiel bei Bahnfahrkarten, die man online kauft, ja auch so«, erklärte der Trainer. »Aber ihr könnt euch vorstellen, dass das bei Hundertausenden von EM-Tickets, die innerhalb kürzester Zeit verkauft werden, ein extremer Aufwand ist. Außerdem macht dieser Aufwand die Karten noch teurer – daher hat man dieses Verfahren wieder verworfen.«

»Schade«, murmelte Alex und putzte sich die Nase.

Dann ging Bob mit ihm ins Zelt und rief die Polizei an. Der Trainer legte

das Handy auf den Tisch und drückte die Lautsprechertaste, damit Alex alles mitbekam. Es dauerte eine Weile, bis sie mit einem Beamten aus dem Betrugsdezernat verbunden wurden.

Der Mann wirkte nicht besonders interessiert. »Da müssen Sie und der Junge persönlich vorbeikommen und Anzeige gegen unbekannt erstatten«, sagte er.

»Werden Sie denn den Betrüger jagen?«, fragte Alex. »Ich will das Geld zurückhaben und meinem Vater geben.«

»Jagen? Wir sind hier nicht auf der Pirsch, mein Junge. Außerdem haben wir während der EM extrem viel zu tun. Es sind Zigtausende von Fans aus ganz Europa in der Stadt, darunter auch gewaltbereite Hooligans. Aber wir tun natürlich auch in deinem Fall, was wir können.«

Das klang nicht besonders ermutigend, fand Alex. Vermutlich würde sein Dad das Geld niemals wiedersehen und er selbst niemals live im Stadion mitfiebern können. Wieder wurde Alex unheimlich traurig.

Kurz darauf war das Gespräch beendet.

»Dieser Polizist war definitiv keine große Hilfe«,

stellte auch Bob ernüchtert fest, während sie zurück zur Feuerstelle gingen.

Alex hockte sich zu Paco, Nelli und Raya und berichtete von dem Telefonat. Wieder versuchten die drei, ihn aufzumuntern.

»He, was hältst du davon, wenn wir dem Typ selbst auf die Pelle rücken?«, schlug Raya schließlich vor.

Alex sah sie verständnislos an. »Wie meinst du das?«

»Na ja, du weißt ja, wo du das gefälschte Ticket gekauft hast. Am Stachus. Vielleicht legt sich der Mistkerl dort wieder auf die Lauer und versucht, noch weitere Opfer zu finden ...«

Alex' düstere Miene hellte sich auf. »Wir sollen den Typ dort suchen? He, das ist eine gute Idee! Und wenn wir ihn entdecken, schlagen wir Alarm!«

»Genau das!«, rief Raya.

Auch Nelli und Paco fanden ihren Vorschlag super. Daher beschlossen die vier, am folgenden Nachmittag, sobald das Training vorbei war, ins Münchner Zentrum zu fahren.

Die Sonne weckte Alex am nächsten Morgen. Ihre Strahlen drangen durch die dünnen Wände des Zeltes, das sich Alex mit Paco teilte. Im ersten Moment hatte Alex gute Laune. Sonne, Vogelgezwitscher und die ersten Rufe von den nahen Fußballplätzen.

Mann, er war hier beim großen Eurokicker-Turnier und morgen würde es das Spiel gegen die Franzosen geben! Alex konnte es gar nicht erwarten. Er hoffte, die Gegner mit seinen Superparaden zur Verzweiflung zu bringen!

Doch da fiel ihm wieder die Sache mit dem Ticket ein und sofort zogen düstere Wolken an seinem Stimmungshimmel auf.

Na ja, dachte Alex, vielleicht hatten sie heute Nachmittag Erfolg und würden diesen Kerl zur Strecke bringen. Dann hätte er zwar noch immer kein gültiges Ticket, aber würde das Geld zurückbekommen, um es seinem Vater zu geben.

Der Trainer fiel ihm auch ein. Bob hatte ja versprochen, dass er sich um ein neues Ticket für Alex kümmern wollte. Echt lieb von ihm, aber hatte Bob da überhaupt eine Chance? Wohl kaum, bei der Nachfrage.

Neben ihm war ein leises Schnarchen zu hören. Es kam von Paco. Der schlief natürlich noch tief und fest. Paco lag neben einem Berg, der aus Klamotten, offenen Chipstüten und Resten von Süßigkeiten bestand.

»Aufwachen«, rief Alex und rüttelte an Pacos Schulter. »Wir müssen bald zum Training und ich wollte vorher noch frühstücken.«

Pacos Reaktion: Er drehte sich zur Zeltwand und schnarchte etwas lauter. Keine Frage, es mussten härtere Maßnahmen ergriffen werden. Alex schnappte sich eine der Tüten, pustete sie auf und ließ sie mit einem Knall platzen.

Paco schoss von seiner Isomatte hoch. »Bist du bekloppt?«

»Was soll ich machen? Sei mir lieber dankbar. Wenn du das Training verpennst, bekommt du Ärger mit deinem Dad.«

Paco ließ sich zurück auf die Matte fallen. »O je, Training …«

»Und dann zum Stachus«, ergänzte Alex. »Oder willst du lieber den ganzen Tag verschlafen?«

»Nee, natürlich nicht«, erwiderte sein Kumpel, gähnte laut und rappelte sich erneut auf.

Paco wühlte sich durch das Chaos um ihn herum, krabbelte auf allen vieren nach vorn zum Zelteingang und zog den Reißverschluss runter. »Hm, der Tag verspricht ganz schön zu werden …«

»Genau, und jetzt komm aus dem Knick«, verlangte Alex und gab ihm einen leichten Tritt in den Hintern, sodass Paco aus dem Zelt purzelte.

»He, das war ein rüdes Foul, dafür gibt's die Rote Karte«, rief Paco und musste selbst lachen.

Kurz darauf stärkten sich die Freunde mit den anderen Eurokickern im großen Gemeinschaftszelt.

Es folgte das Training von 9.00 bis 12.30 Uhr,

das vor allem Paco als elende Schinderei empfand. Bob ließ sie auch Standards üben: Freistöße, Ecken und vor allem Elfmeter.

»Wer weiß, vielleicht gibt es im Spiel gegen die Franzosen ein Elfmeterschießen«, begründete der Coach den heutigen Trainingsschwerpunkt.

Dann fuhren Alex und Bob zur Polizei und erstatteten Anzeige gegen unbekannt.

»Wir geben über die Presse, Twitter und Facebook eine Warnung raus, dass mal wieder Betrüger und Fälscher in unserer Stadt unterwegs sind«, kündigte der Beamte an.

Jetzt saßen Alex, Raya, Paco und Nelli in der U-Bahn. Nach nicht einmal 20 Minuten Fahrt waren sie am Ziel. Eine Rolltreppe schaufelte die vier Nachwuchskicker ans Tageslicht. Es war sehr warm. Am großen runden Brunnen drängten sich Kinder, die Abkühlung suchten, indem sie lachend in die Fontänen flitzten und sich nass machen ließen.

Alex stieg auf einen der Betonpoller am Wasserspiel, um sich einen Überblick zu verschaffen. Sorgsam suchte er mit den Augen den Platz ab. Hunderte Menschen bevölkerten ihn. Es herrschte ein ständiges Kommen und Gehen. Musiker zupften an Gitarren und sangen dazu, eine junge Frau spielte Geige. Stimmen in allen möglichen Dialekten oder Sprachen drangen an Alex' Ohren. Ein Truckfahrer hupte, dann war die Sirene eines Notarztwagens zu hören. Tauben gurrten, ein kleiner Hund bellte einen großen an.

Alex versuchte, die Geräusche auszublenden und sich ganz auf seine Augen zu konzentrieren.

O je, dachte er dabei, was für eine Aufgabe!

Es vergingen zehn Minuten, dann fünfzehn. Nirgends konnte Alex den lispelnden Betrüger entdecken. Dafür spürte er die erwartungsvollen Blicke seiner Freunde – vor allem die von Raya, deren Idee es gewesen war, zum Stachus zu fahren.

Doch plötzlich, es mochte fast eine halbe Stunde vergangen sein, wurden Alex' Augen schmal. Da war ein Mann, der gerade durch das Karlstor auf sie zuschlenderte. Das war er doch, oder?

Alex' Herz schlug schneller. Jetzt wurde der Verdächtige jedoch von einer Gruppe Fans verdeckt.

Mist!, dachte Alex. Da gab die Menge den Mann wieder frei und nun war er sich absolut sicher: Das war der Betrüger!

»Da vorn, da ist er! Der Typ in dem hellen Sakko!«, rief Alex und deutete zum Karlstor. Der Betrüger war vielleicht noch zehn Meter von ihnen entfernt und sah nun, vermutlich alarmiert durch Alex' Rufe, genau in ihre Richtung.

Alex zückte das Handy. »Ich rufe die Polizei«, kündigte er laut an.

Zu laut – denn der Fälscher stoppte plötzlich. Alex sah genau, dass der Typ ihn erkannt hatte und wusste, dass der kommende Polizeieinsatz ihm gelten würde. Prompt drehte der Betrüger sich um und rannte Richtung Karlstor.

»Ihm nach, der darf uns nicht entwischen«, rief Alex und schob das Handy zurück.

Dann stürmten sie los.

DIE SCHLACHT AUF DEM VIKTUALIENMARKT

Nelli überholte Alex und übernahm die Führung. Die eisenharte Abwehrspezialistin war es gewohnt, Gegner einzuholen und sie zu stoppen – und wenn es sein musste, war Nelli bei der Wahl der Mittel nicht gerade zimperlich.

Der Mann war ein guter Sprinter, stellten sie und ihre Freunde fest, während sie sich ihren Weg durch die Menge bahnten. Immer wieder tauchte der Mann hinter Gruppen von Touristen und Fans ab. Kurz verbarg er sich hinter einer großen Werbetafel, dann hinter einem kleinen Ensemble aus Musikern, die Lieder über die schöne Donau schmetterten. Doch jedes Mal entdeckten die Gefährten ihn wieder und scheuchten ihn auf.

»Haltet den Mann fest, er ist ein Betrüger!«, wandte sich Alex an die zahlreichen Passanten. »Er hat mir ein gefälschtes Ticket verkauft!«

Doch niemand reagierte. Alex erntete bloß verständnislose Blicke.

»O Mann, bis Erwachsene mal was mitkriegen!«, schimpfte er.

»Das war doch schon immer so«, meinte Nelli. »Aber wir schnappen uns den schon! Wer braucht für so etwas schon Erwachsene?«

Ihr Atem ging bereits stoßweise. Der Fälscher schien auch noch über eine gute Kondition zu verfügen. Aber Nelli und die anderen würden nicht locker lassen. Niemals!

Jetzt war der Mann auf der Höhe des Richard-Strauss-Brunnens vor der Alten Akademie. Doch für die Betrachtung der wunderschönen Renaissance-Fassade hatten gerade weder er noch seine vier Verfolger Zeit.

Weiter ging es, vorbei an der St.-Michael-Kirche und dem Jagd- und Fischereimuseum, vor dem die Skulptur eines Wildschweins stand, das die vorbeiflanierenden Menschen anzugrinsen schien. Hastig drängten die vier sich durch die Menge.

Die Neuhauser Straße ging in die Kaufingerstraße über und genau hier verschwand der Fälscher plötzlich.

Nelli bremste ab und sah ihre Freunde ratlos an. »Wo ist der Typ?«

Die Antwort war nur Schulterzucken. Jeder spähte in eine andere Richtung.

Nervös ließ auch Nelli ihre Blicke wandern. Menschen, Menschen, Menschen – eine wahre Flut, ein Chaos.

Doch plötzlich hatte sie den Mann entdeckt! Er war nach links in die Liebfrauenstraße eingebogen und hatte nun bestimmt fünfzig Meter Vorsprung.

»Da lang!«, kommandierte Nelli und schoss in die schmale Straße, die zu einem der Münchner Wahrzeichen führte: zur Frauenkirche, die eigentlich Dom zu Unserer Lieben Frau hieß. Ihre beiden knapp 99 Meter hohen Türme mit den zwiebelförmigen Hauben reckten sich in den blauen Himmel über der bayerischen Landeshauptstadt.

Nelli sah, wie der Mann über die Schulter linste. Er musste erkannt haben, dass er noch verfolgt wurde, und schlüpfte kurzerhand in eine große Gruppe von asiatischen Touristen, die gerade auf das Hauptportal des spätgotischen Backsteinbaus zustrebte.

»Er will sich in der Kirche verstecken«, stieß Raya atemlos hervor.

»Das wird ihm nichts nützen«, meinte Nelli entschlossen. »Kommt schon!«

Die Freunde betraten hinter der Reisegruppe die Kathedrale mit ihren weißen Pfeilern und farbigen Glasfenstern. Wieder musterte Nelli sorgsam die Umgebung.

Vor ihr auf dem Boden war der in Stein gehauene Abdruck eines menschlichen Fußes zu sehen – der Teufelstritt. Ein Stück weiter rechts lag das Scheingrab von Kaiser Ludwig IV., ein großer schwarzer Block aus Marmor, vor dem vier Ritterfiguren knieten. Und genau dort sah Nelli den Betrüger, der sich von der Gruppe gelöst hatte.

Nelli deutete auf ihn und der Mann ergriff erneut die Flucht. Er hetzte durchs Mittelschiff nach vorn zum Altarraum mit dem vergoldeten Standbild der Maria. Dann gelangte er zum Scheitel des Chores, hetzte an dem mit eisernen Rosen verzierten Gitter vorbei, hinter dem ein Gebets- und Meditationsraum lag, drängte sich durch eine weitere Besuchergruppe und war auf einmal wieder verschwunden.

»Das darf doch nicht wahr sein«, grummelte Nelli. Sie keuchte.

Fieberhaft schauten sich die Freunde um – und diesmal war es Paco, dem etwas auffiel.

»Hinter der Säule dort – da ist doch eine Fußspitze, oder?«, flüsterte er.

Nelli schielte in die angegebene Richtung. Bingo! Das musste doch der Fälscher sein!

Zügig gingen die Freunde auf die Säule zu. In diesem Moment spähte der Täter dahinter hervor und sah die nahenden Verfolger. Wieder legte er einen erstaunlichen Sprint auf den Marmorfliesen des Doms hin und jagte durch das Hauptportal zurück ins Freie.

Die Gefährten hatten einige Mühe, an ihm dranzubleiben. Der Fälscher hetzte zurück auf die Kaufingerstraße und erreichte schließlich den Marienplatz mit der dazugehörigen U-Bahn-Station. Links thronte das Rathaus, rechts erhob sich die Peterskirche. Genau dorthin flitzte der Betrüger, wetzte rechts an der Kirche vorbei und gelangte zu Münchens ältestem und berühmtestem Markt, dem Viktualienmarkt.

Hier, zwischen Ständen mit Käse, Wurst, Gemüse, Fisch, Obst, Fleisch, Feinkost, Blumen und teuren französischen Weinen, herrschte das übliche Gedränge. Auch viele Fußballfans waren hier. Der Fälscher pflügte durch die Menge wie ein Schiff durch die Wogen, doch die Freunde ließen sich nicht abschütteln. Sie kamen ihm immer näher!

»Gleich haben wir ihn«, freute sich Nelli, die sich schon ausmalte, wie sie den Kerl notfalls mit einer astreinen Grätsche aufs harte Pflaster schicken würde.

Tatsächlich blieb der Betrüger in einer Traube aus Frankreich-Fans hängen. Nur noch ein paar Schritte und sie hatten ihn!

In seiner Verzweiflung griff der Mann in die Auslage eines Gemüseverkäufers und schleuderte eine Tomate auf die Kinder.

»Deckung!«, rief Nelli und bückte sich. Das Geschoss flog knapp an ihrem Kopf vorbei und zerplatzte mitten im Gesicht eines Mannes im feinen Anzug. Die rote Brühe spritzte über sein gerade noch blütenweißes Hemd.

»Wer war das?«, schrie er wütend.

»Der Knallkopf da vorn!«, meinte Nelli schnell und deutete auf den Fälscher.

»Na warte!«, rief der Mann im Anzug und bediente sich spontan bei einem Obstverkäufer. Er nahm sich ein paar Äpfel und feuerte sie auf den Betrüger, der jedoch geschickt auswich und sich erneut bewaffnete – diesmal mit vier Gurken.

»He, Pfoten weg, du elender Dieb!«, brüllte der Verkäufer. »Ich rufe die Polizei!«

Das interessierte den Fälscher jedoch nicht. Er schleuderte die erste Gurke auf die Freunde.

»Runter!«, brüllte Nelli erneut und ließ sich fallen.

Doch Alex dachte gar nicht daran. Schließlich war er Torwart! Er fing die Gurke geschickt auf und warf sie zurück.

Zack! Er erwischte den Fälscher an der Schulter. Von dort wurde das Geschoss abgelenkt und knallte dem Standbesitzer vor die Brust.

»Jetzt reicht's!«, schrie der Mann mit hochrotem Kopf, krempelte die Ärmel hoch und haute dem Betrüger einen Rettich um die Ohren: »Das bekommst du umsonst. Und das und das und das ...«

Klatsch, klatsch, klatsch – der Fälscher heulte auf wie ein Hund, dem jemand auf den Schwanz getreten war. Dann ergriff er erneut die Flucht, die Hände über den Kopf gehoben. Weitere Geschosse sausten hinter ihm her. Sie hatten leider eins gemeinsam: Sie verfehlten den Betrüger und trafen völlig unbeteiligte Leute.

Kaum jemand ließ die Obst- und Gemüseattacken auf sich beruhen – und so war eine Minute später eine heftige Schlacht im Gange.

Jeder gegen jeden. Einige der Fußballfans fanden das Ganze offenbar sehr lustig und mischten ebenfalls mit. Nun flogen alle möglichen Dinge über den Viktualienmarkt – reife Birnen, Salatköpfe, Austern, Bananen, ein Strauß Tulpen, Wirsing, Brötchen mit Flusskrebsen oder Krabben und ganze Bündel mit Möhren. Eine handliche Honigmelone verirrte sich auf einen Tisch im angrenzenden Biergarten. Ein Deutschlandfan, der dort mit seinen Kumpeln saß, sprang so ruckartig auf, dass er den Tisch umkippte. Volle Maßkrüge schepperten zu Boden, Bier spritzte in alle Richtungen. Von allen Seiten wurde der Fan beschimpft, doch der schien gar nicht hinzuhören. Er wog die Melone in der Hand und dann feuerte er sie zurück. Wie eine Kanonenkugel sauste sie über den Platz und knallte in den Rücken des Fälschers, der ins Stolpern geriet und langsamer wurde.

»Jetzt haben wir ihn wirklich gleich!«, rief Nelli begeistert.

EIN GEFÄHRLICHER PLAN

Nelli gab noch einmal alles und dann kam sie, die Monstergrätsche. Sie erwischte den Fliehenden am linken Knöchel – ein Foul, für das sie auf jedem Fußballplatz der Welt die dunkelrote Karte gesehen hätte. Aber hier war sie auf dem Münchner Viktualienmarkt!

Der Mann brüllte auf, flog nach vorn und landete auf dem Schoßhündchen einer älteren Dame.

Der Hund winselte kläglich, doch dann erwachte sein Instinkt: Wütend begann er zu kläffen und grub seine kleinen spitzen Zähne in die Wade des Betrügers.

Noch ein Schrei, diesmal eine Oktave höher, gefolgt von einem dumpfen Schlag. Das war der Stock der alten Dame gewesen.

»Du Lump, lässt du wohl meinen Fridolin in Ruhe?«, keifte sie und hieb weiter auf ihr Opfer ein.

Jammernd kam der Mann auf die Beine, und es gelang ihm, den Hund samt Besitzerin abzuschütteln. Doch die Gefährten wurde er nicht so schnell los.

Paco und Raya waren über die am Boden liegende Nelli gesprungen und hatten den Fälscher am Sakko gepackt. Er wand sich wie ein Aal und schlüpfte heraus – und die Freunde hatten nur noch den Stoff in den Händen.

Nun schoss der Mann vorwärts und kam nach etwa einhundert Metern an einem Stand mit Käseprodukten vorbei. Am Ende der Holztheke riss er diese um, sodass die ganze Pracht vor die Füße der Freunde knallte und sie einen Moment ausbremste.

Der Betrüger jagte zwischen zwei größeren Buden hindurch, und als die Freunde eine halbe Minute später dort ankamen, war von dem Verbrecher weit und breit nichts mehr zu sehen.

»O nein«, seufzte Raya. »Der Kerl ist entkommen!«

»Ja«, erwiderte Paco schwer atmend und legte einen Arm um die Schultern von Alex. »Tut mir echt leid, Mann.«

Der Torwart schaute zu Boden und schwieg.

»Alles umsonst«, grummelte Nelli. »Ich habe den blöden Typ mit meiner Grätsche nicht optimal erwischt.«

»Umsonst? Ich weiß nicht«, sagte nun Raya. »Immerhin haben wir sein Sakko.«

Paco nickte. »Stimmt. Das sollten wir uns anschauen. Vielleicht finden wir dadrin etwas, das uns weiterhilft. Aber erst mal rufe ich die Polizei.«

»Ob das was bringt?«, meinte Raya argwöhnisch.

Das Telefonat dauerte gerade mal eine Minute. »Eine Streife ist auf dem Weg hierher«, sagte Paco, als er fertig war. »Ich habe ihnen genau erklärt, an welchem Stand wir uns gerade befinden.«

Raya peilte die Lage. Drohte Gefahr in Form einer kleinen Obst-Rache vom Schlachtfeld hinter ihnen? Nein, die Leute schienen sich beruhigt zu haben, niemand hatte sie im Visier.

Das Mädchen zog seine Freunde hinter den Stand. Hier herrschte etwas mehr Ruhe.

Raya legte das Sakko auf den Boden, kniete sich daneben und begann, es zu untersuchen. Die anderen schauten gebannt zu, wie ihre Finger den Stoff abtasteten.

»Ha, hier ist etwas«, rief Raya und fischte aus der Innentasche des Sakkos zwei weiße Briefumschläge hervor.

Mit großen Augen beugten sich die vier Freunde über Rayas Fund. In einem Umschlag waren weitere Tickets fürs Viertelfinale der Europameisterschaft.

»Die sind garantiert auch gefälscht«, vermutete Raya.

»Glaube ich auch«, meinte Nelli. »Und das wird die Polizei dann wohl doch interessieren.«

Raya untersuchte nun den zweiten Umschlag. Es war ein verschlossenes Briefkuvert, das bereits frankiert und an eine Versicherung adressiert war.

Raya drehte das Schreiben um. Kein Absender.

»Da kommen die Polizisten«, rief Paco, der hinter dem Stand hervorgeschaut hatte, in diesem Moment.

Raya rappelte sich schnell auf und schob dabei den Brief, ohne groß darüber nachzudenken, in ihre dünne Jacke.

Die Freunde gingen zu den beiden Beamten, einem dicken Mann mit einem imposanten Schnauzbart und einer schlanken blonden Frau.

Paco übernahm das Reden.

»So, ihr habt also dieses ganze Chaos verursacht«, sagte der Polizist gereizt, als Paco alles berichtet hatte.

»Was, wir?«, fragte der Junge entgeistert. »Wir haben doch nur einen Betrüger verfolgt!«

Nelli ergänzte entrüstet: »Der Typ hat als Erster mit Gemüse geworfen!«

Die Polizistin krauste die Stirn. »Na ja, das lassen wir jetzt mal so dahingestellt.«

Raya drückte ihr das Sakko und den Umschlag mit den Tickets in die Hände. »Hier haben Sie noch mehr gefälschte Eintrittskarten. Das ist der Beweis, dass der Kerl ein Betrüger ist.«

»Gefälscht? Was macht dich da so sicher?«, fragte der dicke Beamte, während er einen Blick auf die Tickets warf.

»Sicher bin ich mir nicht«, erwiderte Raya etwas kleinlaut. »Aber dieser Mann hat Alex eine Fälschung angedreht!«

»Das tut mir wirklich leid für dich«, sagte die Polizistin zu Alex. Es klang aber nicht wirklich überzeugend. »Hast du schon Anzeige erstattet?«

Alex nickte.

»Gut. Aber ob es sich bei diesen anderen Eintrittskarten um Fälschungen handelt, müssen wir erst klären«, ergänzte die Beamtin. »Wir haben dafür Experten.«

»Ah ja«, sagte Raya gedehnt. Es ärgerte sie, dass die beiden Polizisten sie offenbar nicht besonders ernst nahmen.

Nun stemmte der dicke Beamte die Arme in die Seiten und schaute Alex durchdringend an. »Ich kann ja verstehen, dass ihr diesen Betrüger zur Rechenschaft ziehen wollt. Aber das ist die Aufgabe der Polizei und der Gerichte und nicht die von ein paar Kindern.«

»Wir haben ja am Karlstor die Leute um Hilfe gebeten!«, rief Alex wütend. »Aber keiner hat reagiert.«

Der Polizist wiegte den Oberkörper. »Gleich wie, ihr müsst euch da raushalten, habt ihr kapiert?«

Die Freunde sahen ihn trotzig an und schwiegen.

»Es geht nicht, dass ihr hier durch München tobt und den ganzen Viktualienmarkt aufmischt.«

»Das war doch nicht unsere Schuld!«, grollte Paco noch einmal.

»Wenn ihr nicht Detektiv gespielt hättet, wäre das nicht passiert. So einfach ist das«, meinte die Polizistin ziemlich hochnäsig. »Seid froh, dass bisher niemand Anzeige erstattet hat. Bisher, betone ich. Und jetzt nehmen wir mal eure Personalien auf. Außerdem möchten wir wissen, wo wir eure Eltern erreichen können.«

Nachdem das erledigt war, sagte die blonde Frau: »Wir melden uns, falls wir etwas hören.« Es klang nicht sehr vielversprechend. »Und jetzt lasst uns unsere Arbeit machen.« Mit diesen Worten gingen die Polizisten. Das Sakko des Fälschers und das Kuvert mit den Tickets nahmen sie mit.

»Na toll!«, sagte Raya schlecht gelaunt. Den zweiten Brief, der in ihrer Jacke steckte, hatte sie schon vergessen. »Ich hab's ja geahnt: Es hat nichts gebracht, die Polizei zu alarmieren.«

Traurig ließ sich Nelli auf eine Kiste sinken. »Und jetzt, was sollen wir machen? Einfach abwarten, was die Polizei herausfindet?«

Energisch schüttelte Raya den Kopf. »Nö, wir müssen selbst was unternehmen.«

Die anderen sahen sie erwartungsvoll an.

»Okay, was schlägst du vor?«, fragte Paco.

Raya lächelte unsicher. »Äh, ehrlich gesagt: keine Ahnung. Lasst uns ein wenig zusammen nachdenken!«

Die anderen nickten und es wurden verschiedene Vorschläge gemacht.

»Wie wär's, wenn wir uns noch mal am Stachus auf die Lauer legen?«, lautete Nellis Idee.

Doch dieser Vorschlag fand keine Zustimmung.

»Ich kann mir nicht vorstellen, dass sich der Fälscher dort noch einmal blicken lässt«, sagte Paco.

Alex war es schließlich, der eine Idee hatte, die alle neugierig machte.

»Ich könnte eine Art Anzeige im Internet aufgeben, zum Beispiel in allen gängigen Fußballforen. Da schreibe ich rein, dass ich einen Top-Preis biete für ein Ticket für das Deutschlandspiel im Viertelfinale. Natürlich gebe ich auch meine Handynummer an. Vielleicht meldet sich der Täter …«

»Und dann?«, fragte Paco.

»Dann machen wir einen Treffpunkt aus und stellen dem Kerl eine Falle«, erklärte Alex. »Was meint ihr?«

Nelli blies die Backen auf. »Wow, das klingt echt spannend – aber auch wenn sich jemand meldet, woher willst du wissen, ob es der Mann ist, der dich betrogen hat?«

Alex lächelte. »Ich kenne seine Stimme und weiß, dass er stark lispelt ...«

»Okay«, meinte Nelli. »Aber meint ihr nicht, dass die Aktion gefährlich werden könnte?«

Diesen Einwand wischte Alex beiseite. »Ich will das Geld wiederhaben, und das werde ich nicht schaffen, wenn ich untätig herumsitze. Ich verlasse mich nicht auf die Polizei. Aber falls es dir zu riskant ist, ist es völlig in Ordnung, wenn du nicht mitmachst.«

»Doch, doch, ich bin dabei«, sagte Nelli schnell und schaute zu Raya und Paco.

Die beiden nickten.

Alex strahlte. »Ihr seid die Besten!«, rief er.

Sie fuhren zurück ins Zeltlager der Eurokicker. Noch vor dem Abendessen setzte sich Alex an seinen Laptop und gab die Anzeige auf.

»Ich bin ja so gespannt, ob der Typ sich meldet«, sagte Paco, der mit den Mädchen neben ihm stand und Alex zuschaute.

»Ich auch, das könnt ihr mir glauben«, erwiderte Alex. »Aber ebenso gespannt bin ich darauf, wie wir morgen beim Spiel gegen die Franzosen abschneiden.«

DER NEYMAR-TRICK

Am nächsten Morgen, es war der Tag vor dem Viertelfinalspiel der deutschen Nationalmannschaft, war Paco ausnahmsweise mal vor Alex wach. Er lag auf dem Rücken, die Arme hinter dem Kopf verschränkt, und schaute zur Decke ihres kleinen spitzgiebeligen Zeltes.

Der lispelnde Betrüger hatte sich bisher nicht auf Alex' Gesuch im Internet gemeldet. Paco seufzte leise. Das wäre ja auch zu schön gewesen. Zu einfach. So wie es aussah, würde sein Freund weder das viele Geld zurückbekommen noch beim EM-Kick der Deutschen live dabei sein. Alex tat ihm echt leid. Aber vielleicht würde ihn das noch heute Vormittag anstehende Eurokicker-Spiel gegen die französischen Jungen aufmuntern. Vorausgesetzt, sie fegten die anderen vom Platz.

Paco blickte auf die Uhr. Es war Zeit. Er knuffte Alex in die Seite. »Hoch mit dir, du faule Nuss.«

Um elf Uhr gab's den Anpfiff. Rund um den Platz hatten sich etwa 500 Zuschauer versammelt. Eine Menge, die weder Paco noch Alex oder die anderen aus ihrem Team gewohnt waren. Das machte sie ein wenig nervös, aber vor allem machte es sie stolz. Unter den Zuschauern waren auch Nelli und Raya, die ihre Favoriten von der ersten Sekunde an lautstark anfeuerten.

Auf Höhe der Mittellinie stand Trainer Bob mit bereits leicht gerötetem Kopf. Jeder Zoll des Trainers verriet Anspannung pur. Beim Abschlusstraining vor dem wichtigen Kick hatte er seinen Jungs immer wieder eingeschärft, in allen Phasen des Spiels hellwach zu sein. Jede noch so kleine Unachtsamkeit konnte das Aus bei diesem K.-o.-Spiel gegen einen derart starken Gegner bedeuten.

Die Franzosen hatten Anstoß. Ihr Spielmacher mit der Nummer 10, ein drahtiger Typ mit Lockenkopf, führte den Ball. Er orientierte sich nach rechts, und Paco, der sich als Stürmer vorn platziert hatte, kreuzte seinen Weg.

Der Lockenkopf deutete einen Chip zum links

mitgelaufenen Mitspieler an, Paco lief prompt in diese Richtung und wurde vom Gegenspieler getunnelt.

Ein Tunnel?

Absolute Katastrophe!

Vom Spielfeldrand hörte Paco ein kollektives Aufstöhnen von den eigenen Fans und Begeisterungsrufe von denjenigen, die zu den Franzosen hielten.

Und Bob? Der bekam fast einen Anfall.

»Paco! Reiß dich zusammen!«, schrie er über das Feld.

O ja, Dad, mach mir den Vulkan, dachte Paco schuldbewusst, während er dem Lockenkopf hinterherhechelte, ihn aber nicht mehr einholte. Der leitete einen eleganten Seitenwechsel ein und einer seiner Mitspieler kam aus etwa fünfzehn Metern zum Abschluss, schoss aber weit drüber.

Abstoß durch Alex. Er spielte den Ball kurz zu einem Verteidiger. Ein ruhiger Aufbau folgte. Nach vier Stationen hatte Paco den Ball und machte das Spiel plötzlich schnell. Er hetzte an der linken Außenbahn entlang, ließ einen Gegenspieler stehen und flankte aus vollem Lauf in den Sechzehner.

Der zweite Stürmer des deutschen Jungendteams, ein bulliger Typ, setzte sich gegen den Verteidiger durch, schraubte sich hoch und köpfte den Ball an die Latte.

Mist!, dachte Paco. Aber er und seine Mannschaftskameraden klatschten Beifall. Sogar Bob reckte den Daumen nach oben. So durfte es weitergehen, schien er zu denken.

Aber so ging es nicht weiter. Das Spiel entwickelte sich nach dem munteren Auftakt zu einer zähen Angelegenheit. Viel Mittelfeldgeplänkel, wenig Offensivaktionen. Paco hatte manchmal das Gefühl, in der Spitze regelrecht zu verhungern.

Auch Alex hatte kaum etwas zu tun. Nur zweimal fischte er eine weite Flanke weg. Kein Schuss kam direkt auf sein Tor. Er hätte dahinten in seiner Kiste auch Uno spielen können.

Bob wurde immer unzufriedener. Er pfiff auf den Fingern, gestikulierte, klatschte, hampelte an der Linie herum und wurde mehrfach vom Schiri ermahnt, wodurch er sich noch mehr aufregte. Sein Kopf war inzwischen tiefrot.

Dann kam die letzte Minute vor der Halbzeit. Die Franzosen hatten den Ball, verschleppten einmal mehr das Tempo – doch urplötzlich hatte der Lockenkopf eine grandiose Idee. Er passte die Kugel genau in die Schnittstelle der deutschen Abwehr – und gerade dorthin war der Stürmer gestartet. Jedoch befand er sich gut einen Meter im Abseits, als er den Ball annahm, noch ein paar Schritte lief und dann eiskalt vollstreckte.

»Abseits, Abseits!«, geiferte Bob. Der Vulkan war kurz vor der Explosion.

Auch Paco und die anderen beschwerten sich beim Schiri, während die Franzosen die Führung feierten.

Der Schiri redete kurz mit dem Linienrichter, der die Fahne nach wie vor unten hatte – und blieb bei seiner Entscheidung. Weitere wütende Proteste folgten. Der Schiedsrichter legte den Rückwärtsgang ein und nestelte an seiner Brusttasche. Ein klares Zeichen, dass er gleich eine Gelbe Karte zeigen würde, wenn man ihn weiter bedrängte. Paco breitete die Arme aus und hielt seine Mitspieler zurück.

»Chillt, Leute«, sagte er, obwohl es ihm selbst verdammt schwerfiel. »Wir haben noch Zeit, das umzubiegen.«

In der Halbzeitpause regte sich Bob weiter über den Schiri auf: »Diese Pfeife! Der ist doch blind. Oder bestochen. Oder beides!« Bämm, bämm, bämm, er haute vor einen der Spinde.

Langsam verrauchte die Wut des Vulkans. Er nahm die Magnettafel, hockte sich zwischen die Jungen und schob die kleinen bunten Magnete auf der Tafel hin und her. Er erklärte Spielzüge und gab taktische Anweisungen.

Dann ging es weiter. Die Franzosen hatten es eilig, sie suchten offenbar die frühe Entscheidung, sie wollten das zweite Tor.

Alex stand im Gegensatz zur ersten Halbzeit plötzlich im Fokus. Der schnellste Krake aller Zeiten wehrte im Minutentakt Bälle ab. Alex war in Topform!

Erst ab der Mitte des zweiten Durchgangs gelangen Bobs Team die ersten Entlastungsangriffe und schließlich sogar der glückliche Ausgleich! Paco hatte die Vorarbeit geleistet und war total happy.

Nelli und Raya hüpften wie Flummis an der Außenlinie auf und ab und klatschten sich die Hände wund.

Die Franzosen reagierten wütend auf den unerwarteten Ausgleich und attackierten wie ein aggressiver Hornissenschwarm. Alex musste förmlich über sich hinauswachsen und hatte auch einmal Glück, als der Ball an den linken Pfosten klatschte. An dieses Geschoss wäre er niemals herangekommen. Ihre Gegner ließen nicht locker, sie rannten an – doch diese Spielweise kostete sie eine Menge Kraft. Paco erkannte, dass der eine oder andere seiner Gegenspieler am Limit angekommen war.

Und dann kam sie, die vorletzte Minute: Paco hatte den Ball auf Höhe der Mittellinie, der spielwitzige Lockenkopf stellte sich ihm entgegen. Mit dem hatte Paco noch eine Rechnung offen und er beglich sie auf fantastische Art: mit dem legendären Neymar-Chop, der einzige Trick, den er schon tausend Mal geübt hatte und daher perfekt beherrschte.

Er rollte den Ball mit der Sohle des rechten Fußes nach links, sein rechtes Bein überkreuzte das linke und setzte knapp hinter dem rollenden Ball auf. Mit der Hacke des freien linken Fußes kickte er die Kugel nach hinten zu einem Mitspieler.

Der Lockenkopf ließ sich vorführen, und bevor er begriff, was hier abging, wurde Paco von seinem Mitspieler in die Gasse zwischen zwei Verteidiger geschickt. Er jagte hindurch und hatte nun noch den Torwart vor sich. O Mann, das war die Riesenchance zum Führungstreffer!

Nicht nachdenken, nicht überlegen, durchfuhr es Paco, während er die Rufe der Fans wie aus weiter Ferne wahrnahm. Jemand zog an seinem Trikot, aber er schüttelte den Typ ab und machte einen Übersteiger auf Höhe des Sechzehners, um den Keeper zu irritieren. Der Torwart ging runter, weil er wohl einen Flachschuss erwartete, und Paco spitzelte den Ball über ihn hinweg. Die Murmel war eine Ewigkeit unterwegs, schien es Paco, während er fair über den am Boden liegenden Torwart hinwegsprang. Doch endlich, endlich, rauschte der Ball in die Maschen! Das war die Führung, das war das 2:1!

Paco ballte die Fäuste und genoss den Jubel der Mitspieler und Fans.

Sie brachten die Führung über die wenige Zeit, die noch blieb. Dann kam der Schlusspfiff.

»Jetzt stehen wir im Finale!«, schrie Paco. »London, wir kommen!«

Von allen Seiten wurde er noch einmal für sein Hammertor beglückwünscht. Aber auch Alex bekam viel Lob, denn ohne dessen sensationelle Paraden wäre das Spiel mit ziemlicher Sicherheit ganz anders ausgegangen.

Natürlich vergaßen Paco, Alex und die anderen aus ihrem Team nicht, ihre unterlegenen Gegner abzuklatschen, die mit hängenden Köpfen vom Platz schlichen.

⬟ ⬟ ⬟

Am Nachmittag versammelte sich die Jungenmannschaft komplett an dem Platz, auf dem das Spiel von Raya, Nelli und den anderen Girls aus dem deutschen Team stattfand. Ihre Gegnerinnen kamen aus Holland. Anders als bei den Jungen gingen die deutschen Mädchen als Favoritinnen ins Spiel.

Nelli, Raya und Co. ließen den anderen nicht den Hauch einer Chance. Schon nach drei Minuten schloss Raya ein herrliches Solo zum viel umjubelten 1:0 ab. Nur fünf Minuten später bat sie die halbe Hintermannschaft der Holländerinnen zum Tanz und schlenzte die Murmel in den Winkel.

Erst ab Mitte der ersten Halbzeit rafften sich ihre Gegnerinnen zu Angriffsaktionen auf. Doch die brachten allesamt nichts ein, was vor allem an Nelli lag, die jede vielversprechende Aktion mit ihrem sehr guten Stellungsspiel oder – wenn nötig – auch mal mit einer Grätsche unterband.

Bereits zur Pause stand es in dieser einseitigen Partie durch einen Treffer von Rayas Sturmpartnerin 3:0.

Nach dem Wechsel war Raya wieder mit dem Toreschießen dran – und wie! Sie erhöhte mit einem astreinen Hattrick auf 6:0. Das war den vielen Zuschauern eine La-Ola-Welle wert.

Danach ließen es die deutschen Girls ruhiger angehen und kassierten prompt noch den Anschlusstreffer. Aber dabei blieb es und auch Raya, Nelli und ihre Freundinnen konnten sich über die Finalteilnahme in London freuen.

»Wow, das wird der Hammer!«, jubelte Raya, als sie sich von Paco, Alex und den anderen feiern ließ.

Nach dem Abendessen saßen sie zu viert vor dem Zelt der Jungen und zockten eine Runde Fifa an Alex' Laptop. Plötzlich bimmelte sein Handy.

Unwillig schaute Alex auf das Display. Die Nummer kannte er nicht … Doch dann durchfuhr ihn ein jäher Gedanke. Ob das vielleicht der Lispler war, der sich auf seine Anzeige im Internet meldete?

Er legte den Controller beiseite und wischte den grünen Button nach rechts. »Ja?«

Als Alex die Stimme hörte, war er wie elektrisiert. Der Anrufer lispelte stark! »Ich habe ein Ticket für dich, bist du noch interessiert?«

»Ja«, sagte Alex, während er den anderen bedeutete, sich ganz ruhig zu verhalten.

»500 Euro. Cash. Okay?«

»Okay. Wann und wo?«

»Heute. Mitternacht. Am Monopteros.«

Nie gehört, dachte Alex und fragte: »Wo ist das?«

»Im Englischen Garten. Kannst du nicht verfehlen. Ich warte aber höchstens zwei Minuten auf dich. Bist du nicht pünktlich, bekommt ein anderer das Ticket. Und noch was: Du kommst allein. Klar?«

Alex atmete einmal tief durch. »Klar. Bis später.«

NÄCHTLICHE JAGD AM MONOPTEROS

Um 23 Uhr schlüpften Raya und Nelli aus ihrem Zelt. Über dem Platz funkelten die Sterne, der Mond war nicht mehr als eine weiße Sichel. Leise liefen die Mädchen zum Zelt der Jungen, die bereits auf sie warteten.

Ein kurzes Nicken, mehr war nicht nötig.

Die vier schlichen zum Ausgang des Zeltplatzes. Niemand sah sie, als sie zur nahe gelegenen U-Bahn-Haltestelle flitzten. Hier mussten sie über zehn Minuten auf den nächsten Zug warten und wurden schon nervös. Sie durften doch nicht zu spät kommen!

Doch dann kam die U-Bahn endlich. Sie fuhren eine gute Viertelstunde bis zur Station »Universität«, marschierten über die Ludwigstraße ein kurzes Stück stadtauswärts bis zum Professor-Huber-Platz und hielten sich dort rechts. Den Weg hatten sie sich vorher bei Google Maps genau eingeprägt. Zur Not hatten sie ja auch noch ihre Handys zum Navigieren.

Über die schmale Veterinärstraße gelangten sie zur Kleintierklinik und einem Kiosk samt Biergarten, der um diese Zeit allerdings schon geschlossen war.

Genau hier erhoben sich die ersten Bäume des Englischen Gartens: eine schwarze Wand aus Stämmen, durch die ein Fußweg führte.

Raya schluckte. Plötzlich fröstelte sie, obwohl es eine sehr milde Nacht war. Taten sie wirklich das Richtige? Gingen sie nicht doch ein zu hohes Risiko ein, war die ganze Sache nicht etwas für die Polizei?

Nein, sagte sie sich. Sie hatten die ersten Schritte gemacht, jetzt würden sie auch die nächsten tun.

Entschlossen setzte sich Raya an die Spitze des kleinen Zuges.

Es kam ihr so vor, als würde der dunkle Wald sie einfach verschlucken, und sie war froh, dass er sich nach einem kurzen Stück lichtete und es wieder etwas heller wurde.

Rechts von ihnen war plötzlich eine Silhouette

zu sehen und Raya stockte der Atem. Doch es war nur eine Frau, die ihren Dalmatiner Gassi führte.

Raya und ihre Freunde folgten dem Spazierweg ein Stück geradeaus, überquerten den Schwabinger Bach und wählten an der nächsten Kreuzung einen breiteren Weg, der nach links zum Monopteros führte.

Der 16 Meter hohe griechische Rundtempel war schon von Weitem zu sehen. Bleich erhob er sich auf einem künstlichen Hügel, der das mächtige Tempelfundament aus Backstein elegant verdeckte.

Raya blieb stehen. »Was ist, wenn der Typ bereits da oben steht und schaut, wer sich ihm nähert? Du sollst doch allein kommen, Alex.«

Der Junge nickte. »Ja, schon …«

Raya ahnte, dass es Alex nicht besonders gefiel, allein weiterzugehen.

»Wir bleiben in der Nähe«, schlug Raya vor. »Seht ihr die Büsche da vorn?« Sie deutete auf eine Stelle am Fuß des Tempels. »Dort können Paco, Nelli und ich uns verbergen und alles im Auge behalten.«

»Und notfalls eingreifen«, ergänzte Paco. Er blickte auf sein Handy. »Noch acht Minuten. Du solltest dich beeilen, Alex.«

Wieder nickte Alex. »Wir trennen uns hier am besten. Ich gehe allein zum Tempel, ihr macht einen kleinen Bogen und nähert euch von hinten diesen Büschen.«

»Okay, und wenn es der Täter ist, rufen wir die

Polizei«, sagte Raya. »Alex, du musst uns irgendwie alarmieren, sobald du weißt, dass es wirklich der Fälscher ist. Es könnte ja auch sein, dass dort jemand steht, der nur den Nachthimmel über München anschauen will. Stellt euch vor, wir hetzen einem völlig Unschuldigen die Polizei auf den Hals.«

»Stimmt«, meinte Alex. »Ich werde euch ein Zeichen geben, sobald ich mir sicher bin. Dann verwickele ich den Typ in ein Gespräch, damit die Polizei genug Zeit hat, hier aufzukreuzen und den Kerl zu schnappen.«

»Im Dunkeln ein Zeichen geben?«, fragte Nelli. »Das klappt nicht.«

»Na gut, dann irgendein Stichwort. Hm, wie wär's mit: Endlich ein Ticket fürs Viertelfinale! Deutschland wird garantiert gewinnen!«, schlug Alex vor. »Schön laut natürlich.«

»Schon besser«, lobte Nelli. »Und jetzt los. Ab mit dir!«

»Halt«, sagte Paco, dem noch etwas ganz anderes eingefallen war. »Was ist, wenn der Kerl dich wiedererkennt, Alex? Das könnte gefährlich werden. Lass mich gehen.«

Doch Alex schüttelte den Kopf. »Das ist echt okay von dir. Aber ich bin es, der betrogen wurde. Ich mach das schon. Außerdem ist es sehr dunkel. Der Typ kann mich doch gar nicht erkennen.«

Mit diesen Worten ging Alex zügig zum Monopteros, während sich die drei anderen rechts hielten, über eine große Wiese liefen und von hinten in den Schatten der Büsche eintauchten.

»Nicht schlecht«, wisperte Raya, als sie die Zweige auseinanderbog. Von hier aus hatten sie wirklich eine sehr gute Sicht auf das mächtige Bauwerk. Ein kurzer Blick aufs Handy. 23.58 Uhr. Raya spürte, wie die Nervosität stieg.

23.59 Uhr. Alex stand oben an einer der schlanken Säulen. Er war allein. Hatte sich der Typ etwa einen dummen Scherz mit ihm erlaubt?

Da trat jemand hinter einer der anderen Säulen hervor und näherte sich ihm. Alex' Herz begann zu hämmern.

Ein Feuerzeug wurde angemacht, ein unruhiges Flämmchen tanzte und erhellte für einen Moment das Gesicht des Fremden.

Alex hätte am liebsten laut aufgeschrien. Das war der Fälscher! Der Mann, der ihn und seinen

Vater um 700 Euro betrogen hatte. Schnell machte er einen Schritt zurück, damit das Licht nicht auf sein Gesicht fiel.

Nun stank es nach Zigarettenrauch. »Was, nur ein Kind?«, lispelte der Mann. Er klang misstrauisch. »Hast du überhaupt so viel Geld?«

Alex war unfähig, etwas zu sagen, und ärgerte sich deswegen. Er musste doch seinen Freunden das verabredete Signal geben!

»Stumm? Egal, hast du das Geld? Ja oder nein? Nicken oder Kopfschütteln. Das wirst du doch wohl hinkriegen«, zischte der Fälscher und zog ein Stück helles Papier hervor. Das Ticket vermutlich, bei dem es sich mit großer Wahrscheinlichkeit erneut um eine Fälschung handelte.

Endlich löste sich der Knoten in Alex' Zunge. »Klar, habe ich«, erwiderte er und ergänzte ungleich lauter das Stichwort für seine Freunde.

»Ja, ja schon gut«, meinte der Mann verärgert. »Ich bin nicht taub, verdammt.«

»Natürlich«, beeilte sich Alex zu sagen. Er musste Zeit gewinnen! »Kann ich das Ticket auch für 100 Euro haben?«

Der Mann stieß den Rauch seiner Zigarette aus.

»Was soll das? Wir sind hier nicht auf dem Basar, mein Freund. 500 und keinen Cent weniger.«

»Ich kann Ihnen 200 geben«, sagte Alex und griff in die Hosentasche, als wolle er gleich dort die Scheine hervorzaubern. Dabei hatte er gerade mal zehn Euro dabei.

»Mir reicht es allmählich«, zischte der Mann aggressiv. »500, das ist mein letztes Wort!«

Alex überlegte fieberhaft. Hatten seine Freunde schon die Polizei eingeschaltet? Bestimmt, oder? Aber würde die Zeit reichen, konnte er den Fälscher so lange hier festnageln, bis die Beamten eintrafen?

»Drei ... 300 habe ich dabei«, stammelte er. »Lassen Sie uns darüber reden, bitte. Ich will doch unbedingt zu dem Spiel!«

Der Mann kam auf ihn zu und wieder wollte Alex ein Stück zurückweichen. Doch er stieß gegen die Säule.

Der Mann baute sich drohend vor ihm auf. »300? Du spinnst wohl! Aber halt ... sag mal, kenne ich dich nicht?«

»Was? Nein, woher denn?« Alex wurde es abwechselnd heiß und kalt. Er ahnte, dass er einen

blöden Fehler gemacht hatte. Es wäre doch schlauer gewesen, Paco verhandeln zu lassen!

Der Mann riss sein Handy hervor. Ein grelles Licht blitzte auf und blendete Alex – vermutlich das Licht der integrierten Taschenlampe.

»Mann, das darf doch nicht wahr sein!«, zischte der Mann böse. »Du bist es wirklich. Was soll das hier werden, hä?«

Er packte Alex grob am Arm. In seiner Panik schlug der Junge zu und erwischte den Mann am Handgelenk. Der Betrüger brüllte auf und ließ Alex los.

Der Junge drehte sich um und stürmte an der Säule vorbei den Hügel hinunter.

»Na warte, dich habe ich gleich!«, rief der Fälscher und setzte ihm nach.

Alex flitzte am Gebüsch vorbei, hinter dem sich seine Freunde verborgen hatten. Er drehte sich um und sah, wie Raya aus dem Versteck schoss und dem Betrüger ein Bein stellte, als der auf ihrer Höhe war. Fluchend ging der Kerl zu Boden und trotz der brenzligen Situation musste Alex grinsen. Auf seine Freunde war doch mal wieder Verlass.

Er rannte weiter. Nach etwa zwanzig Metern schaute er wieder zurück und erkannte, dass Raya, Nelli und Paco ihm folgten – aber leider auch der Fälscher. Der Mann hatte sein Handy am Ohr, und Alex hörte ganz genau, dass der Betrüger Verstärkung anforderte.

O mein Gott, dachte Alex. Worauf hatten sie sich hier nur eingelassen?

DER SPORTWAGEN

»Das war echt knapp«, meinte Nelli, als sie am nächsten Morgen mit Raya aus dem Zelt schlüpfte, um mit den beiden Jungen zu frühstücken. Der Himmel war wolkenlos, und es versprach ein sonniger und heißer Tag zu werden. Doch jetzt, um 7.30 Uhr, war es noch ziemlich kühl.

Raya lachte. »Ja, knapp war's, aber auch ziemlich lustig. Vor allem, als sich der Typ auf die Nase gelegt hat.«

Nelli lächelte. Es war ein hübsches kleines Foul von Raya gewesen. Das hatte ihnen ein wenig Vorsprung verschafft. Sie waren so froh gewesen, als sie den Fälscher an der U-Bahn-Station an der Münchner Universität endlich abgehängt und später den Zeltplatz erreicht hatten. Ob die Polizei noch am Monopteros eingetroffen war, hatten die Freunde gar nicht mitbekommen.

Es hätte sowieso nichts genützt, dachte Nelli.

Der Täter war längst über alle Berge. Das Lächeln verschwand aus ihrem Gesicht. Der Fälscher war auf freiem Fuß und Alex hatte noch immer kein Ticket für das Viertelfinalspiel heute Abend. Garantiert war er todunglücklich …

»Puh, ganz schön frisch heute Morgen«, sagte Raya. »Ich hole noch schnell meine Jacke.«

Sie krabbelte zurück ins Zelt. Dann stieß sie plötzlich einen spitzen Schrei aus.

»Alles klar bei dir?«, fragte Nelli.

Raya tauchte wieder auf und wedelte mit einem Umschlag vor Nellis Gesicht herum. »Den haben wir doch im Sakko des Fälschers gefunden«, sagte sie.

»Richtig, den hatte ich total vergessen«, meinte Nelli.

»Ich auch«, gab Raya zu. »Als ich gerade meine Jacke anzog, knisterte es – und da fiel mir der Brief wieder ein. Es könnte doch sein, dass wir darauf die Adresse des Täters finden!«

»Mach ihn auf«, drängte Nelli, die das Jagdfieber gepackt hatte.

Mit spitzen Fingern öffnete Raya das Kuvert. Gemeinsam beugten sich die Mädchen über den

Brief. Oben links standen Namen und Adresse des Absenders: Thomas Welke, Ridlerstraße 121, 80339 München.

»Wow, das nenne ich eine heiße Spur«, flüsterte Raya atemlos. »Müssen wir jetzt damit zur Polizei?«

Nelli überlegte einen Moment. »Weiß nicht. Die haben uns doch nie für voll genommen. Ich will den Fall selbst lösen! Außerdem muss der Brief nicht unbedingt vom Täter stammen. Es könnte ja auch sein, dass er den Brief für jemand anderen – nämlich diesen Welke – einwerfen wollte. Ich bringe auch öfter mal einen Brief von meinen Eltern zum nächsten Briefkasten.«

Raya nickte nachdenklich. »Okay, dann sollten wir erst mal zu dieser Adresse fahren und gucken, ob der Typ dort wirklich wohnt. Dann können wir immer noch die Polizei einschalten.«

»Genau das«, sagte Nelli. »Komm, wir besprechen das mit Paco und Alex.«

◆ ◆ ◆

Nach dem Vormittagstraining fuhren die Freunde mit der U-Bahn los. Alex und Paco waren ebenso begeistert von der Spur wie die Mädchen. Sie gelangten zum Münchner Heimeranplatz, an dem die Ridlerstraße vorbeiführte.

Inzwischen war es sehr heiß geworden. Schwitzend marschierten die Freunde durch ein Gewerbegebiet mit Baumarkt, Tankstelle sowie diversen Hallen und Betrieben von Kleinunternehmern. Im Hof einer verlassenen Werkstatt spielten Kinder Fußball. Nelli schaute immer wieder auf die Hausnummern. Jetzt waren sie schon an der Nummer 97 vorbeigekommen. Weit konnte es nicht mehr sein …

Fünf Minuten später hatte sie das gesuchte Haus entdeckt. Es handelte sich um ein unscheinbares, einstöckiges und hallenähnliches Gebäude mit einem Flachdach. Auf dem kleinen Hof stand ein roter Sportwagen, der garantiert ein Vermögen gekostet hatte.

»Puh, was für eine coole Karre«, meinte Paco anerkennend.

»Vermutlich bezahlt mit der Kohle, die dieser Mistkerl mit seinen gefälschten Tickets einnimmt«, grummelte Alex. »Bin mal gespannt, ob der überhaupt da ist.«

Nachdem sie sich vergewissert hatten, dass niemand sie beobachtete, schlichen die Freunde zu einem der Fenster und spähten hindurch. Sie sahen ein Büro mit einem Schreibtisch samt PC. Hinter dem nächsten Fenster lag ein Gang, hinter dem dritten eine kleine Küche. Nirgendwo war eine Menschenseele zu sehen.

»Hm, es scheint niemand da zu sein«, sagte Paco.

Nelli trat ein paar Schritte zurück. »Das kannst du nicht wissen. Vielleicht ist der Kerl ja irgendwo weiter hinten in der Halle. Aber schaut mal, da steht ein Dachfenster offen ...«

Paco kam zu ihr und legte den Kopf in den Nacken. »Du willst doch nicht etwa da rein, oder?«

»Doch, klar«, erwiderte Nelli grinsend.

»Und wenn uns jemand erwischt?«

»Dann ist uns ... äh ... ein Ball aufs Dach geflogen und durch Fenster gekullert. Und wir wollen ihn suchen.«

Paco blies die Backen auf.

»Wie Kinder nun mal so sind«, fügte Nelli hinzu. »Sagen meine Eltern jedenfalls immer. Kommst du mit, Paco?«

Der musste nicht lange überlegen. »Sicher.«

»Gut«, sagte Nelli nur und weihte Raya und Alex in ihren Plan ein. Die beiden sollten Wache stehen und sie und Paco warnen, falls jemand kam.

Dann kletterten Nelli und Paco mithilfe einer großen Mülltonne und einer Regenrinne auf das Flachdach, gelangten zum Fenster und peilten die Lage. Erneut war niemand zu sehen. Mit klopfendem Herzen ließ sich das sportliche Mädchen in den Flur hinab, indem sie sich an die Fenstereinfassung hängte und dann fallen ließ. Paco folgte ihr mühelos auf die gleiche Art.

Sie lauschten. Nichts zu hören.

Auf Zehenspitzen drangen sie tiefer in das Gebäude ein und erreichten einen weiteren Korridor, der fensterlos war. Hier war es völlig dunkel. Nelli tastete die Wand ab, fand einen Lichtschalter und wagte es, ihn zu drücken. Im weißen Licht einer aufflammenden Neonröhre sah sie mehrere Türen. Lag hinter einer dieser Türen die Fälscherwerkstatt?, fragte sie sich.

Gerade als Nelli die erste Türklinke herunterdrücken wollte, erlosch das Licht. Die Finsternis war wieder vollkommen. Für einen Moment war Nelli wie gelähmt vor Angst. Dann legte sich plötzlich eine kräftige Hand auf ihre Schulter und Nelli schrie unwillkürlich auf. Sie begann, am ganzen Körper zu zittern.

»Was ist denn?«, rief Paco.

Jemand zischte: »Klappe halten, kein Mucks. Dann passiert euch nichts.«

Dieser Jemand lispelte ziemlich stark – das musste der Betrüger sein! Thomas Welke.

Das Licht der Neonröhre erwachte flackernd wieder zum Leben.

»Nicht umdrehen«, lautete das nächste Kommando. Das war eine andere Stimme, deutlich tiefer.

Es waren also mindestens zwei Täter, wusste Nelli jetzt. Allmählich konnte sie wieder klar denken.

O Mann, sie waren den Typen in die Falle gegangen.

Was bin ich nur für ein Schaf!, dachte Nelli. Es war schließlich ihre Idee gewesen, in die Firma einzusteigen. Jetzt hatten sie den Salat. Sie schaute vorsichtig zur Seite. Paco stand neben ihr und erwiderte kurz ihren Blick. Angst und Verzweiflung lagen darin.

»Tja«, sagte der Lispler namens Welke. »Wie gut, dass wir an einigen Stellen Überwachungskameras installiert haben, die uns vor Einbrechern und Schnüfflern wie euch warnen. Jetzt werdet ihr eure Handys vor euch auf den Boden legen. Und macht keinen Unsinn, wir haben Waffen.«

Nelli schluckte, ihre Knie wurden weich. Waffen ... Zitternd fischte sie ihr Handy aus der Tasche und legte es vor sich auf den Boden. Paco tat es ebenfalls.

»Brav«, höhnte Welkes Komplize und sammelte die Phones ein. »Aber was machen wir jetzt mit den beiden kleinen Trotteln?«

Der Lispler ließ sich einen Moment Zeit mit der Antwort. Dann meinte er: »Am besten sperren wir sie in eines der Büros, bis wir den Deal mit der Fangruppe abgewickelt haben.«

»Oh yes«, freute sich der andere Gangster. »Gleich 50 Tickets zu je 500 Euro. Damit hauen wir ab und lassen uns woanders nieder.«

»Genau das«, bestätigte Welke. »Zum Glück habe ich den Mietvertrag für diese Bude schon zum Monatsende gekündigt. Los, wir fesseln die beiden an den Händen. Dann schaffen wir sie ins Büro.«

⬟ ⬟ ⬟

Vor der Halle wurden Alex und Raya allmählich unruhig.

»Wo bleiben die denn nur so lange?«, rätselte Alex. »Ob bei denen alles okay ist?«

Statt zu antworten, ging Raya an dem schicken

Sportwagen vorbei zum Gebäude. Alex folgte ihr und sie spähten erneut durch das Fenster.

Sie erstarrten. Jetzt war der Raum nicht mehr leer. Zwei Typen schubsten ihre Freunde gerade durch die Tür. Sie waren an den Händen gefesselt.

Alex sah Raya entsetzt an. Was hatten die Mistkerle mit ihren Freunden vor? Und was sollten sie jetzt tun?

Da hatte Raya eine Idee. Eine ziemlich böse Idee. Sie griff nach unten, packte einen großen Stein und schleuderte ihn auf den roten Sportwagen.

Mit großen Augen verfolgte Alex die Flugkurve des schweren Geschosses. Es krachte fürchterlich, als der Stein die Windschutzscheibe traf und splittern ließ. Von dort rutschte er auf die Motorhaube und verkratzte den edlen Lack. Sofort jaulte die Alarmanlage los.

Da flog das Fenster auf und das Gesicht des Lisplers erschien.

»Wart ihr das?«, geiferte er.

»Na klar!«, erwiderte Raya lachend. »Und weißt du, was? Das hat richtig Spaß gemacht! Deshalb mache ich das gleich noch mal!«

Sie schnappte sich den nächsten Stein. Diesmal

traf sie einen der Kotflügel. Alex half nun mit und erwischte eine der Edelstahlfelgen.

»Schnapp sie dir!«, schrie der andere Gangster. »Und mach die verdammte Alarmanlage aus! Wir können hier keine Bullen gebrauchen.«

Keine 30 Sekunden später stürmte der Fälscher aus dem Gebäude. Hinter der Eingangstür lauerte jedoch schon Alex und verpasste ihm einen Tritt in den Hintern, der den Kerl zu Boden schickte. Er schrie auf und hielt sich das Knie.

»Verdammt, tut das weh!«, jammerte er. »He, Marco, hilf mir!«

Alex und Raya traten den Rückzug zur Straße an und sahen, wie der zweite Mann aus dem Haus rannte.

Alex zückte sein Handy und rief die Polizei.

Dann hetzten sie die Ridlerstraße hinunter. Im Rennen drehte Alex sich um und sah, dass ihnen die Täter auf den Fersen waren.

Jetzt kamen die Gefährten wieder an den Kindern vorbei, die im Hof Fußball spielten.

»Ich darf ja mal«, rief Raya und schnappte sich den Ball. Die anderen Kids protestierten, doch Raya beachtete sie nicht weiter.

Sie ließ die Verfolger ein Stück herankommen. Als sie nur noch zehn Meter entfernt waren, feuerte Raya die Kugel mit Vollspann ab. Es war ein wunderbar platzierter Schuss, der dem Gangster Marco an den Kopf knallte und dafür sorgte, dass er Sternchen sah und im Zickzack zu laufen begann,

als wäre er betrunken. Dann sank er auf den Bürgersteig und streckte Arme und Beine von sich. Ein klassischer K.o.

Da drehte Welke sich um und floh in die andere Richtung.

»Der will garantiert zu seinem Auto und abhauen«, ahnte Alex.

»Hoffentlich kommt die Polizei rechtzeitig!«, stöhnte Raya.

Da wehte auch schon Sirenengeheul an ihre Ohren. Zwei Streifenwagen schossen heran. Einer stoppte neben ihnen, der andere stellte sich so vor die Zufahrt des Hauses Nummer 121, dass Welke in seinem demolierten Sportwagen nicht entkommen konnte.

Raya gab den Kids den Ball zurück. »Danke!«, sagte sie zu ihnen.

»War ein super Schuss!«, lobten die Kids.

Raya lächelte. »Danke! Der Fall scheint gelöst!«

Alex ließ die Schultern hängen. »Wieso? Ich habe immer noch kein gültiges Ticket für das Spiel heute Abend und auch keine 700 Euro …«

DIE ÜBERRASCHUNG

Nachdem Paco und Nelli aus dem Büro befreit worden waren und die Freunde den Polizisten ausführlich berichtet hatten, was passiert war, durften sie zurück ins Fußballcamp der Eurokicker. Auch hier mussten sie allen – vor allem Bob – haarklein erzählen, wie sie die Fälscher zur Strecke gebracht hatten.

»Nicht schlecht«, lobte Bob. Doch dann wurde er sehr ernst. »Aber das hätte auch ins Auge gehen können. Das war sehr gefährlich! Macht das nie wieder!«

Paco tat so, als sei er zerknirscht. Doch als sein Vater nicht hinschaute, beugte er sich zu Alex und flüsterte: »Das muss er jetzt sagen. So was müssen alle Dads sagen, damit man glaubt, sie seien vernünftig.«

Bob war mit seiner kleinen Standpauke fertig. »Um sechs Uhr fahren wir ins Stadion. Treffpunkt ist am Gemeinschaftszelt«, kündigte er an. »Hoffentlich schafft die deutsche Nationalmannschaft den Einzug ins Halbfinale ...«

⬟ ⬟ ⬟

Um Punkt sechs Uhr waren Paco, Nelli und Raya vor Ort. Auch Alex war dabei, um sie und Bob zu verabschieden. Er würde sich das Spiel im Camp anschauen – beim Public Viewing.

»Habt ihr alles?«, fragte Bob gut gelaunt. Er trug ein Deutschlandtrikot und hatte eine Fahne in der Hand.

Nelli hüpfte von einem Bein aufs andere. »Na klar! Ach, ich bin total aufgeregt. Gleich laufe ich mit den Stars ins Stadion ein!«

»Ich auch!«, rief Paco begeistert.

»Ihr habt's gut«, sagte Raya. »Aber Hauptsache, ich bin auch im Stadion und kann die deutschen Spieler anfeuern.«

Alex blieb still. Er schaute zu Boden. Wieder kamen die Tränen. Dabei hatte er sich ganz fest vorgenommen, sich nichts anmerken zu lassen und ganz cool zu sein.

Da spürte er Bobs Hand auf der Schulter. »He, Kopf hoch«, sagte er leise.

Alex zuckte nur mit den Schultern und hielt den Blick gesenkt.

Der Trainer knuffte ihn in die Seite. »Ich habe etwas für dich. Willst du es dir nicht anschauen?«

Für einen Moment wäre Alex am liebsten weggerannt. Was für ein Trostpreis konnte das schon sein? Ein Wimpel vom DFB? Doch die Neugier siegte und er sah Bob an. Seine Augen wurden größer und größer. Der Trainer hielt eine Eintrittskarte in den Händen!

»Ein Ticket? Etwa für mich?«, krächzte Alex.

»Genau das!«, rief Bob triumphierend. »Du sitzt bei mir und den anderen.«

»Aber wo ... woher ...«, stammelte Alex.

»Ich habe dir doch gesagt, dass ich meine Kontakte spielen lasse. DFB und UEFA

halten immer ein paar Tickets zurück für Sonderfälle. Für Leute, die es verdient haben, dass man sie mal zu einem Spiel einlädt. Engagierte Ehrenamtliche, Ex-Stars, was weiß ich«, sagte der Trainer. »Der DFB und die UEFA sind außerdem sehr froh, dass ihr die Fälscher zur Strecke gebracht habt. Das Ticket ist ein kleines Dankeschön.«

Alex konnte sein Glück nicht fassen. Jetzt heulte er richtig – und zwar vor Freude.

Um 19.30 Uhr saßen Alex, Raya und Bob auf ihren Plätzen im restlos ausverkauften Stadion. Die Fans sangen ihre Lieder, schwenkten ihre Fahnen.

Um 20.58 Uhr liefen die Spieler, angeführt vom Schiedsrichtergespann, auf den Rasen – und der Jubel kannte keine Grenzen. »Schaut, da sind Nelli und Paco«, rief Alex, der aufgesprungen war. Er deutete auf seine Freunde. Nelli trabte neben dem Abwehrchef der DFB-Auswahl, Paco neben dem derzeit besten deutschen Außenstürmer.

Kurz darauf erfolgte der Anstoß.

Es wurde ein absolut dramatisches Match. In der

ersten Halbzeit lag das deutsche Team mit 0:1 zurück, doch nach der Pause gelang die Wende. Durch einen verwandelten Foulelfmeter und ein Tor kurz vor Schluss drehten die Deutschen das Spiel.

Das Stadion explodierte förmlich, als der Schiri die Partie abpfiff. Alle deutschen Fans waren happy und freuten sich aufs Halbfinale, das in London stattfinden würde.

Später, als sich die Freunde und Bob an einem Bratwurststand stärkten, sprachen sie noch lange über den grandiosen Kick.

»Hoffentlich gewinnt die deutsche Nationalmannhaft auch das nächste Spiel«, sagte der Trainer. »Dann steht sie im Finale im Wembley-Stadion. Das wäre echt irre!«

»Tja«, sagte Paco. »Wir sind da schon einen Schritt weiter, denn wir haben das Finale im Eurokicker-Turnier bereits erreicht.«

Nelli strahlte. »Genau, wir Mädchen auch. Und wir holen den Pott. Oder, Raya?«

»Logo«, erwiderte Raya kauend.

Alex lächelte in sich hinein. Erst der Sieg über die starken Franzosen im Eurokicker-Turnier und der damit verbundene Einzug ins Finale. Dann hatte er den Triumph der deutschen Nationalmannschaft live erleben dürfen. Und so ganz nebenbei hatten seine Freunde und er auch noch den Fälschern das Handwerk gelegt. Die Polizei hatte bei Thomas Welke jede Menge Bargeld gefunden, sodass Alex' Dad seine 700 Euro wiederbekommen hatte. Das nannte man wohl ein Happy End!

Fabian Lenk, geboren 1963, studierte in München an der Deutschen Journalistenschule Diplom-Journalistik und war nach dem Abschluss des Studiums 25 Jahre als Reporter tätig, bevor er sich ganz dem Schreiben von Büchern widmete. Zunächst veröffentlichte er Krimis für Erwachsene, sein erstes Kinderbuch folgte im Jahr 2001. Mittlerweile sind bereits 200 äußerst erfolgreiche Kinder- und Jugendbücher von ihm erschienen, die in 16 Sprachen übersetzt wurden und sich rund 4 Millionen Mal verkauften. Er lebt mit seiner Familie in der Nähe von Bremen.

Thilo Krapp ist geboren 1975 in Herdecke, aufgewachsen in Hagen. Im Alter von fünf Jahren zeichnet er Enten, die auf einer Wild-West-Lokomotive über eine Brücke des Grand Canyon fahren. Während des Studiums Beschäftigung mit Comic, Trickfilm, Kinderbuch-, Sachbuch- und Zeitschriftenillustration, Anfertigung von Reihentiteln, Illustration zu Romanen, Spielen und – wenn es die Zeit zuließ – Arbeiten in freier Kunst. Bei Wolf Erlbruch im Wintersemester 2003/04 Diplom im Fach Illustration, Titel der Diplomarbeit: »Märchen – Konzeption und Entwurf einer Heftreihe.«